「貴様に訊きたいことがある」
旅人風の人は、そう言うと
被っていたフードを取った。

『キュルゥ』
子ドラゴンは目を細め、
気持ちよさそうに
喉を鳴らしていた。

「もうっ。いいかげんにするだにゃ」
「万事上手く事が運べばアタシは貴族婦人!!
領民から絞り取った税で優雅に暮ら――っんぷ」

Anytime I can! いつでも自宅に帰れる俺は、異世界で行商人をはじめました

vol.4

霜月緋色
Hiiro_shimotsuki

ill. いわさきたかし

口絵・本文イラスト　いわさきたかし

CONTENTS

前巻のあらすじ

異世界で商人ライフを送る俺《おれ》――尼田《あまた》士郎《しろう》の前に、ばーちゃんが現れた。
それも、仏壇《ぶつだん》の写真とは似ても似つかない若い姿で。

「久しぶりだねぇ、士郎」

七年ぶりの日本に――自宅に帰宅したばーちゃん。
感動の再会……とはならず、ばーちゃんは久しぶりの自宅と東京を満喫《まんきつ》する。
一方で俺は、カレンさん、アイナちゃんと共に領都マゼラへ行くことに。
交易都市として栄えるマゼラには、公衆浴場があるそうだ。
そこで俺は、石鹸《せっけん》とシャンプーセットの販売《はんばい》を思いついた。
マゼラの商人ギルド『久遠《くおん》の約束』に加入し、石鹸とシャンプーセットを売りさばく。

大儲《おおもう》けした俺は『久遠の約束』のギルドマスター、ジダンさんと友誼《ゆうぎ》を結び、マゼラを後にした。

ニノリッチに戻《もど》った俺は、久しぶりにばーちゃん家《ち》に帰宅する。
ばーちゃんとご飯を食べていると、

「おーーーい！　兄ちゃんでてこーいっ！」
「にぃに開けて～」

なんと双子《ふたご》の妹、詩織《しおり》と沙織《さおり》が家を尋《たず》ねてきたじゃないですか。
女子高生の二人は、大学のオープンキャンパスに行くから家に泊《と》めろと言う。
焦《あせ》る俺。孫娘《まごむすめ》との再会に喜ぶばーちゃん。
なし崩《くず》し的に泊めることになったわけだけれど、ある日、家に帰ると。

「「………………」」

二人は、開け放たれた押入《おしい》れの前でフリーズしていた。

俺が二人を指さすと、ばーちゃんは心底楽しそうに。

「二人にバレてしまったようだねぇ」

第一話　双子、異世界を知る

「「…………………………」」

開け放たれた押入れの前には、フリーズしている二人の姿が。

「……ばーちゃん、アレ」

開かれた押入れを前に、固まる二人を指さす。

ばーちゃんは心底楽しそうに。

「二人にバレてしまったようだねぇ」

ニコニコしているばーちゃんに、俺は手をぱたぱたと。

「いやいや、笑いごとじゃないからね」

「おや、どうしてだい？」

「どーしてってそりゃ……。ばーちゃん、ちょっとこっち来て」

ばーちゃんの手を引き、廊下《ろうか》へと連れ出す。

今なお固まったままとはいえ、二人に聞かれないためだ。

「ばーちゃん、詩織《しおり》と沙織《さおり》に押入れの秘密がバレちゃったんだよ。異世界に繋《つな》がってることがバレちゃったんだよ。そのへんわかってる？」

　耳元に顔を近づけ、小声でこしょこしょと。

「それがどうかしたかい？」

「えぇ～……。なにその反応？　『どうかしたかい？』って、二人がルファルティオ《異世界》に行きたいとか言いだしたらどうするのさ？」

「別に構いやしないよ。詩織も沙織も私の孫なんだ。士郎《しろう》と同じで、可愛《かわい》くてたまらない孫さね。旅をしたいと言うのなら、私は見送るだけだよ」

「でもさ、二人はまだ高校生なんだよ？」

「ルファルティオじゃ一五で成人とする国は珍《めずら》しくないよ。日本だって、昔は元服したら子供でも大人と同じように扱《あつか》ったそうじゃないかい」

「いまは武士の時代じゃなくて令和なの！」

「私にとっては一〇〇〇年前も今も大して変わりはないよ」

「物事をばーちゃん基準で考えないで！」

　ばーちゃんと白熱した密談を繰《く》り広《ひろ》げていると、二人が仏間から出てきた。

　やばい。無意識のうちに声が大きくなっていたみたいだ。

二人に聞かれただろうか？

「や、やあ二人とも」

そう声をかけてみるも、

「「……」」

二人は無言のまま横を通り過ぎる。

階段を降りて、そのまま一階へ。

「……喉《のど》でも渇《かわ》いたのかな？」

「どうだろうねぇ」

「それとも……ああ、そうか。俺と同じように二人も夢だと思ったんだな」

「おや、どういうことだい？」

「簡単なことだよ」

肩《かた》をすくめ、やれやれとばかりに説明する。

「俺もはじめて押入れを開けたときは、疲《つか》れやストレスからくる幻覚《げんかく》だと思ったもんさ。俺もついに来るところまで来ちゃったなって」

あのときは前職でのストレスや疲労《ひろう》、その他《ほか》もろもろを溜《た》め込んだままここへ引《ひ》っ越《こ》してきたからね。

押入れを開けたら異世界でした、なんて、夢や幻覚以外にあるわけがない。

あのとき気を落ち着かせるために飲んだコーヒーの味は、いまも憶《おぼ》えている。

まぁ、結果としてはバッチリ現実だったんですけれどね。

「だから詩織と沙織の二人もさ、お茶でも淹《い》れていったん冷静になろうとしてるんだよ」

「そうかねぇ。私には何処《どこ》かへ出かけるように見えたよ」

「……どこにさ？」

「何処かにだよ」

しばらくして、二人が一階から戻ってきた。

そして手にはスニーカーが。

「ばばば、ばーちゃん！　二人とも行く気まんまんだよっ。まんまん！　迷いなく行く気だ！」

「迷いがないなんて、さすが私の孫娘たちだよ」

「なんでドヤってるんだよ！」

得意げな顔をするばーちゃんにツッコミを入れる。

「いけないかい？」

「そゆことじゃなくて、ルファルティオ《あっち》はモンスターとかも出るんだか——」

「まあ、お待ちよ」

ばーちゃんが片手を上げ、俺の言葉を遮《さえぎ》る。

「これが待っていられるかっての！」

「いいからお待ち。じゃないと……」

「じゃないと？」

ばーちゃんが、ぴんと伸《の》ばした人差し指を仏間に向ける。

「二人が行ってしまうよ」

「マジでっ⁉」

反射的にそちらを向く。

スニーカーを履《は》いた詩織と沙織。

二人は覚悟《かくご》を決めた顔で頷《うなず》き合う。

手を繋ぎ、押入れの中へ踏《ふ》み出そうとして――

「ちょーーーっと待ったぁぁぁ‼」

慌《あわ》てて呼び止めた。

ダッシュで駆《か》け寄り、二人の肩を掴《つか》む。

二人がハッとした顔で振《ふ》り返り、俺を見上げた。

「む、兄ちゃんか。いつ帰ってきたの？」

「さっきからいたっての！」

「にぃにお帰り～。ぜんぜん気づかなかったよ～」

「はいはい。ただいま」

押入れの先に広がる世界に気を取られ過ぎて、二人とも俺とばーちゃんが帰ってきたことにすら気づいていなかったようだ。

廊下では真横を通り過ぎたというのに。

「それより、部屋にスニーカーなんか持ち込んでどうするつもりなんだ？」

「兄ちゃん、コレ見てよ。コレ！　押入れ開けたら森に繋がってたの！」

沙織が押入れの先を『コレ！　コレ！』と全力でアピール。

そこには見慣れた森が広がっていた。そう、森だ。

俺がはじめて押入れを開けたときと同じように、森が広がっていたのだ。

「森……？」

「そう、森！　森なの！　兄ちゃんコレ知ってた⁉」

「……」

俺はふむと考え込む。

おかしい。俺は店からこの部屋に戻ってきた。つまり、襖《ふすま》を開けたら店の二階に繋がっていないといけないわけだ。

「はっはーん。その顔は兄ちゃんも知らなかったみたいね」

考え込む俺を見て沙織が勘違《かんちが》いをしているようだけれど、いまは無視。

それより押入れの仕組みの方が重要だ。

「店の二階じゃなくて森。……ふむ」

考えを巡《めぐ》らしたあと、俺は部屋の隅《すみ》に置かれた仏壇を指さし、

「詩織、沙織、ちょっとアレを見てくれ」

「ん、どれのことよ?」

「アレだよ。アレ」

「お仏壇のこと～?」

二人の視線が逸《そ》れた隙《すき》にさっと襖を閉め、こそっと開けてみる。

隙間《すきま》から見えたのは店の二階。

俺が最後に押入れを閉じた、二階のままだった。

「OK。仕様は把握《はあく》した」

小さく呟《つぶや》き、再び襖を閉じる。

「兄ちゃん、仏壇がどうかしたの？」

「や、ダブルピースするばーちゃんを二人に見せたくてね」

「おばあちゃんのダブルピース姿は、詩織たち見飽《みあ》きてるよ～」

「そうだよね。ごめんごめん」

「それよりにぃに、いまは押入《こっち》れのほうが大事だよ～」

詩織が押入れをえいやと開ける。

目の前に広がるは、大森林。

どうやら襖を開けた人によって、転移場所が変わる仕様のようだ。

ロールプレイングゲームにおける個別セーブみたいなものかな。もしくは冒険《ぼうけん》の書。

というか、スタート地点は森に固定なのね。

壮大《そうだい》な冒険のはじまり的な。

「兄ちゃんが知らないってことは……うん、つまり」

「うんうん。『いま』繋がったってことだろうね～」

二人はなにやらしたり顔。

勘違いと思い込みがタッグを組んで、颯爽《さっそう》とリングに上がろうとしているぞ。

一人でもやっかいな妹たちが、同時に面倒《めんどう》を起こそうとしている。

兄として、なにより尼田家《あまた》の長男として、どうするべきか？

とか考える間もなく、

「それじゃー、しおりん」

「それじゃ～、さおりん」

二人は、声をぴったりと揃《そろ》えて、

「「異世界にれっつごー！」」

「どーしてそーなるっ!!」

俺の声は届かなかった。

押入れの中に——異世界へと入っていく二人。

俺は頭をガシガシと掻《か》き、やけくそ気味に言う。

「あーーーもうっ！　ばーちゃん、俺も二人と一緒《いっしょ》に行くね！」

「楽しんでおいで」

「ぜんぜん楽しくない！　楽しいどころか苦労でしかない！」

「ふふふ。なら士郎の代わりに私が楽しんであげるよ」

「ちっくしょう！　それじゃ遅《おそ》くなると思うから、先に餃子《ぎょーざ》食べてていいからね！」

「餃子の時間を止めてお前たちの帰りを待っているよ」

「ありがと。んじゃちょっと行ってくる！」

こうして俺は、仏間の戸棚《とだな》にしまってある靴《くつ》を取り出し、

「いってらっしゃい。気をつけるんだよ」

「それをばーちゃんが言うか。行ってきます！」

妹たちを追いかけ、森を全力疾走《しっそう》するのでした。

第二話　妹たちを追いかけて

二人は押入れを越え、森へ踏み出してしまった。

「うわぁっ！　これが異世界なのね！」

「この景色は圧倒《あっとう》されちゃうよ～」

着の身着のままの二人は、観光気分であたりをきょろきょろと。

二人に追いついた俺は、大げさにため息をつく。

「まったく、二人とも恐《おそ》れを知らないな」

俺が追いかけてくるとわかっていたんだろう。

二人は俺を見ると、くすくす笑っていた。

「兄ちゃんがビビりなだけだよ」

「俺は慎重《しんちょう》なの」

「ホントかな～？」

「ほ、ホントだよ詩織《しおり》ちゃん」

「「……」」

「黙《だま》らないで！　ホントだからね！」

「はいはい。それよりにぃに、アリスさんは～？」

「ばー……じゃなくて、ア、アリスさんは家で待ってるってさ」

「そっか。兄ちゃんの幼馴染《おさななじ》みを、尼田《あまた》家の異世界冒険に付き合わせるのも悪いもんね」

「にぃにが帰ってこれなくなったとき、誰《だれ》かが警察に連絡《れんらく》しないといけないしね～。その点、アリスさんは大人だから安心して任せられるよ～」

「詩織ちゃん、なーんで俺だけが行方《ゆくえ》不明になる前提なのかなー？」

「てへ」

詩織がこつんと自分の頭を叩《たた》く。

いたずらがバレた子供のように、ペロッと舌まで出して。

「てへ、じゃないよ。てへじゃ。でも来ちゃったものは仕方がないか。二人とも俺の近くにいるんだぞ。森は何が起こるかわからないんだからな」

「「はーい」」

俺は二人を庇《かば》うようにして。

二人は俺の背中に隠《かく》れるようにして。

兄妹仲良《きょうだいなかよ》く、そろりそろりと森を進みはじめるのでした。

◇◆◇◆◇

兄妹で森を歩いていると、

「あれは……んんっ⁉」

不意に、沙織《さおり》の足が止まった。

どこかに視線を固定したまま、隣《となり》にいる詩織の肩を揺《ゆ》らす。

「しおりん見て！」

「ん～？」

「ほら、あそこ！　あっちに町が見えるよ！」

「あ、ホントだ～」

沙織が見つけた町とは、もちろんニノリッチのことだ。

夕日に照らされ、良い感じにファンタジーな町並みをしている。

俺もはじめて異世界《ここ》に来たときは、森から見えたニノリッチを目指したっけ。

「まずはあそこの町に行ってみよっか？」

「さんせ～い」

「となると必要なのは――」

「なのは～？」

沙織はぐっと拳《こぶし》を握《にぎ》り、こう続けた。

「おカネよね！」

まさかの発言にずっこけそうになる。

町に入る前からおカネの心配をするだなんて、さすがの俺でもビックリだ。いや、ここはさすが兄妹と言うべきところかな？

「とゆーわけで兄ちゃん、」

沙織が俺をズビシッと指さす。

「この森で売れそうなものを探すから、手伝ってよね」

「……売れそうなもの？」

「あったり前でしょ！　あそこに――」

沙織は再びズビシッと、遠くに見えるニノリッチを指さし、

「異世界の町に着いたって、おカネがなかったらなんにもできないじゃん。だからこの森で売れそうなものを探して、あの町で換金《かんきん》するの！　換金！　おカネ!!　売買!!」

グッドアイデアとばかりに目を輝《かがや》かす沙織。

さっそく近くの草むらにしゃがみ込むと、ブチブチと草を抜《ぬ》きはじめた。

「しおりんコレなんかどうかな？　『やくそー』っぽくない？」

「詩織はソレ雑草にしか見えないな～」

「そっか！　じゃあこのキノコはどうかな？」

「ちょっとカラフルだけど、カワイイから売れるんじゃないかな～」

「だよねー。じゃあこのピンクぃキノコは採用！」

「詩織はあそこの木の実を集めておくね～」

「よろしくーっ！」

呆《あき》れる俺をよそに、二人は売れそうなものを探しては、自己判断でどんどん採取していく。

キノコを引っこぬく沙織。

木を揺らし、果実を落とす詩織。

生き生きとしている二人を前に、俺はと言えば困り顔。

完全にルファルティオに、そして二人が目指してるニノリッチ《町》について話すタイミングを失ってしまったぞ。

「どうしたもんか」

楽しんでいる二人に、水を差すのも気が引ける。

どうせ後でわかることだし、

「うん。しばらくは二人に付き合ってやるか」

そんな結論に至ったタイミングでのことだった。

「ねー、見てコレ！　すっごいの見つけちゃった‼」

突然《とつぜん》、沙織が大きな声をあげた。

「何を見つけたの～？」

詩織が小走りで沙織のもとへ。

少し遅《おく》れて、俺も沙織のそばへ。

「ねーねー、コレなら売れそうじゃないかな？」

「わ～。すご～い」

「でしょでしょ」

ばーちゃん譲《ゆず》りのドヤ顔を披露《ひろう》する沙織の足元、そこには——

「なんだよこのでかい卵は……」

一抱《ひとかか》えもあるほどの、大きな卵が落ちていた。

全長五〇～六〇センチはありそうだ。

昔見たダチョウの卵なんかより、何倍も大きい。

このサイズ、どう考えてもモンスターの卵だよね？

「……」

周囲を見回す。

近くに巣らしきものはなし。親モンスターがいる気配もなし。

しかし、この卵が抱卵中のものであった場合、いつ親が戻ってくるとも限らない。

だからこれはヤバイと。止《や》めておこうと。

そう言おうとしたのに、

「んしょっと。ととと……けっこー重いな」

なんということでしょう。

沙織ったら、卵に抱《だ》き着いたかと思えば持ち上げはじめたじゃないですか。

陸上部のエースなだけあって、パワーがあるんだね。お兄ちゃんビックリだよ。

そう感心しかけたところで、

「んっ、んんんっっ……はい、兄ちゃん」

「うおうっ！」

沙織がでっかい卵を俺へとパス。

両腕《りょううで》と腰《こし》にずしんと重みが加わる。

コレたぶん、二〇キロはあるよね？

「あー、重かった」

「――――さ、沙織！」

「ん、どした兄ちゃん？」

「くっ……な、なんでクソデカくてクソ重い卵をお兄ちゃんに渡《わた》すのっ？」

「なんでって……兄ちゃんはあたしの兄ちゃんで、そんなあたしは可愛い妹だから、かな？」

沙織が人差し指を頬《ほお》にあて、くねっとポーズ。

か弱いアピールのつもりらしい。

「さ、沙織……お前の大好きなお兄ちゃんの腕《うで》が、は、早くも限界に達しようと――」

「しおりん、この卵マジでヤバくない？」

「せっかくだし記念撮影《さつえい》しておこうか～？」

「それ名案！　撮《と》ろ撮ろ！」

「じゃあ撮るね～」

詩織が自撮り棒にスマホをセットする。

卵を抱《かか》える俺を真ん中に、妹たちがピースサイン。

尼田三兄妹による、久しぶりの記念撮影がスタートだ。

「詩織ちゃん！　もう腕が持ちそうに――」

「がんばれ兄ちゃん！」

「にぃにファイト～」

「ちっくしょーーーっ!!」

◇◆◇◆◇

「兄ちゃん、ちゃんとついてこないと置いてっちゃうよ」

卵を抱えたまま歩く俺に、沙織が容赦《ようしゃ》ない言葉を浴びせてくる。

異世界《こっち》に来るようになって、いくらか体力がついたつもりではあるけれど、しょせんは日本育ちのもやしっ子。

二〇キロオーバーの卵を抱えたまま、スタスタと歩けるはずもなし。

俺はこっそりと『空間収納《くうかんしゅうのう》』のスキルで卵をしまえるか試《ため》してみたけれど……結果は不

可。

空間収納は基本的に、『生きている』ものを収納することができない。植物とかはしまえるのだけれど、この卵ははじかれてしまった。

つまり、このでっかい卵はスキルによって生き物認定《にんてい》されたのだ。

生きてるって素晴《すば》らしいね。

「……はぁ」

許されるなら転がして運びたいところだけれど、割れたら二人は――とくに沙織が怒《おこ》るだろうな。なんなら悲しむかもしれない。

「……二人の笑顔《えがお》を守るため、お兄ちゃんがんばるよ」

「兄ちゃん、なに一人でブツブツ言ってんのよ」

「にぃにちょっとキモイよ～」

「……」

「それより兄ちゃん、早く町に行くよ」

「詩織なんだかワクワクしてきちゃった～」

「わかる！　こんなにドキドキワクワクするの久しぶりだよね！」

「うんうん。久しぶりだよね～」

二人は声を弾《はず》ませ、はじめて足を踏み入れた異世界に瞳《ひとみ》を輝かせている。

それはもうキラキラと。

こんなにも瞳を輝かせる二人を見るのは、小さいころ千葉のテーマパークに連れて行った以来だ。

「……よいしょっと」

俺は卵を抱え直す。

あと少しだけ。せめてニノリッチに到着《とうちゃく》するまでは、二人の冒険に水を差さないよう頑《がん》張《ば》りますか。

「兄ちゃん早くー！」

「無茶《むちゃ》をゆーな。無茶を」

「にぃに早く来ないと晩ご飯抜きだよ～」

卵を抱えた俺は、気合とド根性《こんじょう》で二人の後をついていくのでした。

◇◆◇◆◇

ニノリッチを前に、やっと二人の足が止まった。

俺《おれ》は地面に卵を置き、その場にへたり込む。

「詩織なんだか緊張《きんちょう》してきちゃったよ〜。異世界の人が優《やさ》しいといいな〜」

「危なかったりヤバげな人だったりしたらさ、兄ちゃんを囮《おとり》にして逃《に》げようね！」

「うんうん。さんせ〜い」

「賛成しないで詩織ちゃん。というか沙織もお兄ちゃんを囮にするな！　お兄ちゃんを！」

抗議《こうぎ》してみるものの、俺の声は二人に届いていないようだ。

というのも、二人の視線はニノリッチに釘付《くぎづ》けだったからだ。

二人の視線を追うようにして、俺もニノリッチを眺《なが》める。

農具をつけた牛で畑を耕す夫婦《ふうふ》。

作物をたくさん積んだ馬車。

町を駆け回る、ドワーフと只人族《ヒューム》の子供たち。

店への呼び込みをしている蜥蜴人族《リザードマン》。

そしてお仕事《冒険》へ向かう冒険者《ぼうけんしゃ》たち。

誰の目にも、とってもファンタジーしてる光景がそこには広がっていた。

「なんか……雰囲気《ふんいき》がよさそうな町だね」

「そうだね〜。詩織もそう感じるよ〜」

二人の感想は、はじめてニノリッチを訪《おとず》れた俺と同じものだった。

隣にいる沙織がごくりと喉を鳴らす。

「勝手に入っても怒られないよね？」

「大丈夫《だいじょうぶ》じゃないかな～」

「だよね。……しおりん、先に入る？」

「ん～……。ここはさおりんに譲ろうかな～」

どちらが先に入るかで、譲り合いがはじまる。

そうこうしている内に、向こうから見慣れた女性の姿が。

「っ⁉　しおりんあの子見て！　あの子‼」

「ん～？　どの子かな～？」

「ほらあそこ！」

「わぁ～っ。ネコのお耳がちょこんとしてる～」

「ネコ耳だよ、ネコ耳！　本物のネコ耳‼」

こちらに近づいてくる猫獣人《ケットシー》の女性。

その子を見て二人は大興奮。ネコ耳好きは俺だけじゃなかったのね。

「は、話しかけてみようかっ⁉」

「でも言葉が通じるかな～？」

「あ、そっか！　ならさ、ぼでーらんげーじでなんとかしようよ！　こうっ、身振《みぶ》り手振《てぶ》りでさ！」

「異世界人との交流、第一歩だね～」

ばーちゃんと一緒で、横文字が苦手な沙織がしゅびっしゅびっと手を動かす。

それに対し、マイペースな詩織がのんびりとした口調で返していた。

そうこうしているうちに、猫獣人の女性がこちらに気づく。

『あ、シロウだにゃ』

獣人《じゅうじん》の女の子——キルファさんが手をひらひらと。

俺は異世界言語を理解できる指輪をしてるからいいけれど、二人に言葉はわからない。

詩織が「やっぱ言葉がわからないか～」と残念そうに呟けば、沙織は沙織で——たぶん、キルファさんが自分に手を振ったと勘違いしたんだろうな。

愛想笑《あいそわら》いを浮《う》かべた沙織は、手を振り返そうとして——

『やっほー、シロウ』

『キルファさんやっほー』

その手がピタリと止まる。

代わりに沙織は、すんげぇ驚《おどろ》いた顔で、

「兄ちゃんが謎《なぞ》言語話してるっ⁉」

「にぃにすご〜い！」

驚く二人をそのままに、俺とキルファさんの会話は続く。

『シロウ、こんなところでなにしてるにゃ？　この子たちは誰にゃ？』

『あはは、ちょっといろいろありまして。この二人は後日紹介《しょうかい》しますよ。それよりキルファさんはなんでここに？　今日はお休みですか？』

『ぶぶー。ボクはいまお仕事中でしたー』

『あら、一人でですか？』

『うん。ギルドからの仕事でね、いま手が空いてる冒険者は交代で町を見回りしてるんだにゃ』

『へええ。そうなんですか。何やら事情がありそうですね。ともあれご苦労様です』

『んにゃ、ボク他も回らなきゃだからもう行くにゃ』

『見回りがんばってください』

『ありがとにゃ。んじゃねー』

『はーい』

キルファさんを見送り、振り返ると、

「にぃに、ちょっと集合しようか～？」

「……兄ちゃん、あたしたちにわかるように説明してくれるんだよね？」

二人はニコニコと微笑《ほほえ》みながら、俺に詰《つ》め寄ってくるのでした。

◇◆◇◆◇

「兄ちゃん！　どーゆーことなのっ⁉」

「なんでにぃにがネコ耳のお姉さんと楽しそうにお喋《しゃべ》りしてるのかな～？　詩織にキッチリしっかりバッチリ説明してほしいな～」

「そうだそうだ！　兄ちゃんに説明を要求する‼」

二人は俺に詰め寄り、わーきゃーわーきゃーと責め立てる。

卵を運んだせいで残りの体力がほぼゼロだから、この場から逃げることも出来やしない。

「わかったわかった。順を追って説明するよ。でもその前に……」

俺はまず、卵を抱え木陰《こかげ》に移動。

卵を地面に置いてから二人を手招きする。

訝《いぶか》しむ二人が近くに来たところで、右を見て、左を見て、誰もいないことを確認《かくにん》。

そして――

「よっと」

背後に現れる襖。

それを当たり前のように開け、

「まずは家に帰ろうか」

と言うのだった。

ポカンとする二人。

襖の向こうでは、お茶を飲んでいたばーちゃんがこちらに気づき、笑顔で手を振っていた。

第三話　妹たちが知らないばーちゃん

抱えていた卵を部屋の隅に置き、二人に紅茶を出す。

気持ちを落ち着かせたところで、

「詩織《しおり》、沙織《さおり》、まずはこれを読んでみてくれ」

二人に一通の手紙を渡した。

「これな〜に？」

「その手紙はな、ばーちゃんが家族に――俺たちに残した手紙だ」

「「っ⁉」」

驚きで目を大きくした二人は、

「「…………」」

顔をくっつけるようにして読みはじめた。

ときおり、「えぇっ⁉」とか「うそ〜」みたいな声が漏《も》れ出ている。

特に沙織なんか、目をごしごししたり、一度手紙から目を離《はな》し天井《てんじょう》を見つめたりと、いいリアクションをしていた。

まー、その手紙を書いた当の本人は、隣でほうじ茶を味わっているんだけれどね。

そんな感じで待つこと五分ばかり。

「「っ……」」

手紙を三周はした二人が、やっと顔を上げた。

「兄ちゃん……こ、これっホント？　ホントにおばあちゃんが残した手紙なの？」

「ホントだよ」

「この手紙に書かれてる指輪があれば、詩織も異世界の人とお話しできるってこと～？」

あ、よく見たらにぃにが指輪してる～」

「そゆこと。だから俺はキルファさんと——さっきの猫耳《ねこみみ》の女の子と会話できたんだよ」

「「……」」

俺の説明を聞き、二人が黙り込む。

詩織は冷たい微笑《びしょう》を浮かべ、沙織はむすっとした顔で。

「兄ちゃんだけズルイ!!」

「へ？　沙織？」

「うん！　にぃにだけずっこいよ～」

「し、詩織ちゃん？」

「詩織だって異世界の人と――ネコ耳の可愛《かわい》いお姉さんとお話ししてみたいよ～」

「兄ちゃん、その指輪あたしが貰《もら》ったげる！」

沙織が指を広げ、手のひらを見せてくる。

俺はその手をスパンと叩き落とした。

「さらっと言ってくれるな。この指輪がないと俺があっちの人たちと話せなくなっちゃうでしょ」

「可愛い妹の頼《たの》みなんだよ。それでもあたしの兄ちゃんなの？」

「そうだよ～。ママもよく言ってたでしょ？　にぃには長男なんだから詩織とさおりんに譲ってあげな、って～」

「詩織ちゃん、それは一〇年も前の話でしょ？」

「ママの言葉の有効期限は無期限だも～ん」

「それは理不尽《りふじん》すぎやしないかい？」

「いいからよこせー！」

「詩織にちょ～だいよ～っ!!」

陸上部で鍛《きた》えた跳躍力《ちょうやくりょく》を活《い》かし、飛び掛《か》かってくる沙織。

沙織とタイミングを合わせ、低空タックルを仕掛《しか》けてくる詩織。
上からと下からの同時攻撃《こうげき》。
双子《ふたご》だけあって嫌《いや》になるぐらい息がピッタリだ。
「ぐはぁっ⁉」
受け身に失敗。
無事テイクダウンされ、畳《たたみ》に後頭部をしこたま打ち付ける。
二人は仰向《あおむ》けになった俺に跨《また》がり、にんまりと笑った。

――マウントポジション。

格闘技《かくとうぎ》における、圧倒的《あっとうてき》に有利な体勢のことだ。
マウントポジションを取った詩織と沙織。マウントポジションを奪《うば》われた俺。
二人の手が俺の指輪に伸《の》びてくる。
これだけは奪われてなるものか。
俺は必死の抵抗《ていこう》を試みて――
「士郎《しろう》、ちょっといいかい」

不意に、ばーちゃんが声をかけてきた。

「なにっ？　ばー……アリスさん！　いまっ、妹たちにっ、兄の偉大《いだい》さをっ！　お、教えるので！　ちょー忙《いそが》しいんだけどっ!!　んぎぎ――沙織、ひっかくのはズルいぞ！　詩織ちゃんもつねるのはプロレスラーでもマジで痛がるから絶対禁止ってずいぶん昔に教えたよね!?」

「昔すぎて忘れちゃったも〜ん」

「しおりん！　あたしが兄ちゃんの目を突《つ》くからさ、その隙《すき》に指輪を奪うんだよ！」

「め、目はダメだぞっ！　目はっ!!」

「なら指輪をよこせーっ!!」

「指輪くれたら許したげるよ〜」

孫たちの小競《こぜ》り合いを楽しそうに眺めながらも、ばーちゃんは続ける。

「すぐに済むさ。コレって、士郎がつけてる指輪と同じものじゃないかい？」

そう言うばーちゃんの手には、俺がつけている指輪と同じものが二つ。

「っ!?　ばー……アリスさんそれをどこで？」

「そこのお仏壇《ぶつだん》の横に置いてあったんだよ」

ばーちゃんが悪戯《いたずら》っ子《こ》みたいな顔をしている。

この指輪、絶対『いま』用意したな。

「アリスさんさっすがー！」

「どっかのケチなダメにぃにとは違《ちが》うよね〜」

詩織と沙織は俺を踏《ふ》みつけ、ばーちゃんのもとへ。

きゃ〜、と喜びながら指輪を受け取っているぞ。

「ねぇしおりん、」

「な〜に？」

「これであたしたちも異世界の言葉を話せるのかな？」

「話せるんじゃないかな〜」

「だよねだよね！」

「それに話せなくても、にぃにのと交換《こうかん》して貰えばいいんだよ〜」

「そっか！　しおりんあったまいー!!」

「おーい。お前たちの大切なお兄ちゃんの意思が一ミリも考慮《こうりょ》されてないぞー」

俺のささやかな抗議は届かない。

ニッコニコな詩織と沙織。

けれども、これで指輪問題は解決したのだった。

◇◆◇◆◇

お次は『スキルの書』だ。

「なあ兄ちゃん、手紙に書かれてた『本』ってなんのこと？」

「そこに書かれてる本はね、『スキルの書』といって、読むだけで不思議な力を手に入れることができるんだ」

「へ～。にぃには読んだの～？」

「読んだよ。そしてこんな力が使えるようになったんだ」

財布《さいふ》から一万円札を取り出し、等価交換《とうかこうかん》を発動。

一万円札が銀色の硬貨《こうか》に変わり、二人が目を丸くする。

「兄ちゃんいまの手品？　一万円がへんなメダルになっちゃったよ」

「これは銀貨といって、あっちの世界の通貨なんだよ」

「向こうの世界のおカネか～。あれ～？　というと……おばあちゃんが残した本を読むだけでその力が手に入るの～？」

「そゆこと。手紙に書かれていた通り、指輪をつけて読んだだけでこの力が使えるようになったんだ」

「なにそれヤバくない？　兄ちゃんあたしも読みたい！　その本どこにあるの？　いま出してすぐ出して早く出して！」

「わかったわかった。確かこの辺に…………お、あったぞ」

棚《たな》から『等価交換の書』を取り出す。

「これを読んださっきのスキル《カ》を使えるようになったんだ」

そう言い、沙織に『等価交換の書』を渡す。

沙織はパラパラとめくり、

「……おい兄ちゃん」

「ん、なんだい？」

「なんだい、じゃないよ。この本、なーんにも書かれてないじゃない！」

「マジで？」

「マジで！　ほら、ほら、ほら。なーーーんにも書かれてないよ！」

沙織が『等価交換の書』をパラパラとめくり、断罪するかのように突きつけてくる。

そこには何も書かれていない——ただただ真っ白な元『スキルの書』があった。

まるで無地のノートだ。

「なんでだ？　俺が読んだ時は謎の言語がずらーっと書かれていたのに……」

不思議がる俺に、

「ひょっとしたら、一度読んだらもう読めなくなってしまうんじゃないかい？」

とばーちゃん。

なにしれっと言ってんだよ。

もともとこの『スキルの書』はばーちゃんが作ったくせに。

「えぇー!?　じゃー、あたしたちの本はないってこと？」

沙織が不満げに言う。

腕を組み、ほっぺを膨《ふく》らまして。

詩織は静かに微笑んでいるけれど、こめかみの辺りがピキピキしてるのは気のせいだよね？　気のせいだと言って。

というか、ばーちゃんも二人に異世界の存在を教えるなら、『スキルの書』も人数分用意しといてくれよな。

「まあまあ、そうむくれるんじゃないよさおりん。可愛いお顔が台無しだよ？」

「アリスさん……」

「二人分の指輪があったんだ。きっとその『すきるの書』とやらもこの家のどこかに二人分置いてあるんじゃないかい」

そう嘯《うそぶ》くばーちゃんを、俺はじーっと見つめる。

ジト目で。思いの丈《たけ》を視線に込めて。

しかし、ばーちゃんは俺の方を見もしない。

「そっか～。ならおばあちゃん家《ち》を――この家を探せば見つかるかな～？」

「きっと見つかるさね」

ばーちゃんってば、詩織の言葉を全肯定。

「だといいな～。でも～……おばあちゃんのお家《うち》、けっこ～広いんだよね～」

「しおりん、兄ちゃんに探してもらえばいいんだよ！」

「そっか～。にぃに、詩織たちの本探して～」

「はいはい。あとで探しておくよ」

「ありがと～」

「兄ちゃん任せたからね！」

「士郎なら、きっとしおりんとさおりんの『すきるの書』を見つけてくれるだろうよ」

こうして丸投げされた俺は、ありもしない『スキルの書』を探すことになったのでした。

まー、どうせばーちゃんが用意するんだろうけれど。

「それじゃしおりん！　本のことは兄ちゃんに任せたところで、この指輪で異世界の人と話せるか試しに行こうよ！　さっきのネコ耳のお姉さんに！」

「待て沙織。今日はもう遅《おそ》いから明日にしなさい」

窓から外を眺めれば、そこには沈《しず》みかけた太陽が。

「……わかった。兄ちゃんのゆーこと聞くのはしゃくだけど、もうすぐ夜だもんね」

「うんうん。たまにははにぃにの言うことも聞いてあげないとね～。詩織お腹《なか》も空いてきちゃったし～」

「あー！　言われてみればあたしたちお昼からなにも食べてなかったね！」

空腹であることを思いだしたんだろう。沙織のお腹がタイミング良くぐーと鳴る。

それを聞き、ばーちゃんがはいと餃子《ぎょーざ》を取り出す。

「餃子ならあるけど食べるかい？」

二人はすぐに飛びついた。

「「食べるー！」」

「兄ちゃんご飯！　ご飯用意して！　ほかほかの白米！」

「詩織はお味噌汁《みそしる》ね～。お野菜たっぷりの～」

「なら私は漬物《つけもの》にしとこうかねぇ」

「はいはい。いま用意してくるよ」

「「やったー」」

俺は立ち上がり、仏間を後にする。

「そういえばアリスさんて、兄ちゃんが異世界行ってること知ってたんですか？」

「どうしてそう思うんだい？」

「だってアリスさん、押入《おしい》れを見てもぜんぜん驚いてなかったし」

「詩織もそれ思った～。にぃにから聞いてたんですか～？」

「ふふふ。少しだけ、ね」

「やっぱり～」

「さっすが兄ちゃんの幼馴染《おさななじ》み！」

そんな三人の声は、廊下《ろうか》にまで響《ひび》いていた。

このあと俺たちは家族で夕食を取り、お風呂《ふろ》でさっぱりしてから布団《ふとん》に入った。

ばーちゃんは、終始楽しそうにしていた。

第四話　双子、再びニノリッチへ

翌日。

俺たちは再び押入れの前に立っていた。

「兄ちゃん！　はやく！　はやく町に行こうよ！」

「にぃに早く連れてってよ～」

沙織《さおり》はワクワクと。詩織《しおり》はウズウズと。

そんな二人の他《ほか》にも、もう一人。

「えーっと。ばー……じゃなくて、アリスさんもホントに行くの？」

「おや、いけないかい？」

なんと、今日はばーちゃんも一緒《いっしょ》なのだ。

「いやいや、いけなくはないよ。うん、いけなくはない。いけなくはないんだ。けどさ、なんというか……珍《めずら》しいなって」

今日のばーちゃんは、再会したときと同じ服装をしている。

俺はいつものジャケットだし、詩織と沙織にいたっては学校の制服姿。

けれどばーちゃんだけはザ・魔女《まじょ》な服に身を包み、上から外套《マント》を羽織る。

一人だけ、めちゃんこファンタジーしていた。

「少し気になることがあってね。でも安心おし」

ばーちゃんが俺の耳元に顔を寄せ、小声でこしょこしょと。

「士郎《しろう》たちとは別行動するからねぇ」

「え、別行動？」

「ふふふ。私が一緒だと気づかれたら、また収穫祭《しゅうかくさい》のときのように迷惑《めいわく》をかけてしまうだろう？」

ばーちゃんは、ルファルティオ《異世界》では知らぬ者のいない存在、『不滅《ふめつ》の魔女』として名を馳《は》せている。

それはもう超《ちょう》が一〇個はつくほどの有名人で、誰《だれ》かに見つかろうものならあっという間に囲まれてしまうのだ。

キラキラに輝《かがや》く憧《あこが》れの眼差《まなざ》しと共に。

だから一緒にいると、孫《俺》たちに迷惑がかかると、ばーちゃんはそう言っているのだ。

「別に俺は迷惑だなんて思ってないよ。これっぽっちもね」

「ありがとうよ。けれどもね、詩織と沙織にはまだ私の正体を秘密にしておきたいのさ」

ばーちゃんが人差し指を口元にあて、しーっとする。

不滅の魔女アリス・ガワミオ改め、有栖川澪《ありすがわみお》。

誰かがフルネームで呼ぼうものなら、さすがに詩織と沙織の二人も気づいてしまうだろう。

俺の『幼馴染《おさななじみ》』だと聞いていた女性が、自分たちの祖母だったことに。

「と言うことは、いずれ正体を明かすってこと？」

「せっかくだからね。私の正体を明かすときは『さぷらいず』とやらを仕掛けてみたいねえ」

「サプライズねー。ま、あの二人を驚かせたいって気持ちはわかるかな」

「だろう？　それにさっきも言ったように、どうにも気になることがあってね」

ばーちゃんが少しだけ険しい顔をする。

不滅の魔女と呼ばれるばーちゃんが気になることって、なんだろう？

「杞憂《きゆう》に終わればいいのだけれど、念のため調べておきたいのさ」

「そっか。わかった」

「ああ、それと暫《しばら》くの間、ぴーすとも魔力《マナ》の繋《つな》がりが切れることになるからね。私のいないところで危ないことはするんじゃないよ」

以前、成り行きで面倒《めんどう》を見ることになった黒猫《くろねこ》のピース。

寝《ね》てばかりいる子猫《こねこ》なのだけれども、なんとその正体はばーちゃんの使い魔《つかま》。

使い魔は『見たもの』『聞いたこと』をそのまま主に――この場合はばーちゃんに伝えることができる。

だから俺はピースが近くにいるだけで、ピース越《ご》しにばーちゃんにも見られているのではないかと、居心地《いごこち》が悪かったのだ。

「つまりピースの目は気にしなくていい、そゆことだね？」

「なんで嬉《うれ》しそうなんだい？」

「そう？　ばーちゃんの気のせいだよ」

「ふふふ。ならそゆことにしといてあげようかねぇ」

ばーちゃんはくすくすと笑うと、外套のフードを被《かぶ》った。

「士郎、詩織と沙織のことは任せたよ」

「ん、任された」

こうしてばーちゃんとは、ニノリッチに入る直前で別行動することになり、

「アリスさーん、また後でねーっ！」

「カッコイイ人見つけたら詩織に教えてね～!!」

「あ、しおりんずっこい！　あたしにも！　あたしにも教えてねーっ!!」

妹たちに見送られ、何処《どこ》かへと行ってしまうのでした。

◇◆◇◆◇

「そんじゃ、俺について来るんだぞ」

「「はーい」」

妹たちを伴《ともな》って、いざニノリッチの町へ。

「見てしおりん！　ネコ耳っ。またネコ耳だよ！　昨日とは別のネコ耳！」

「さおりん、あっちは犬耳の男の子がいるよ～。かわいいなぁ」

「ホントだ！　大人になったらかっこよくなりそうだね！」

「でしょ～」

町を歩く二人は興奮のしっぱなし。

指輪のおかげで道行く人と挨拶《あいさつ》もできるものだから、鼻息の荒《あら》いこと荒いこと。

見るもの全《すべ》てに感動し、獣人を見かけては足を止め、二人できゃあきゃあと声を弾ませていた。

「二人とも、次は市場に行くよ」

「市場？」

「そ、市場。この町で一番人通りが多いところなんだ」

返事は早かった。

「詩織行ってみた～い」

「あたしもー」

「そうこなくっちゃ。こっちだ」

そんな感じに早朝のニノリッチを案内していると、

「あ、シロウお兄ちゃん」

肩《かた》に黒猫のピースを乗せたアイナちゃんが、向こうから手を振《ふ》ってきた。

当然、俺も振り返す。するとすぐにアイナちゃんが駆《か》け寄ってきた。

一歩前で立ち止まり、俺を見あげる。

「おはよう、シロウお兄ちゃん」

「おはようアイナちゃん」

――にゃーん。

「はいはい。ピースもおはよう」

――にゃん。


自分もいるぞと声をあげるピース。

あごのあたりを撫《な》でてやると、ゴロゴロと喉《のど》を鳴らしていた。

「アイナちゃん、こんなところで会うなんてすごい偶然《ぐうぜん》だね」

「うん。お店にいこうとしたらね、シロウお兄ちゃんがいたからびっくりしちゃった」

そう言って微笑むアイナちゃん。

瞬間《しゅんかん》、後ろからごくりと喉を鳴らす音が聞こえた。それも二人分。

「ねぇねぇ、にぃに」

「なんだい詩織ちゃん？」

「その可愛い子、だ～れ？」

詩織が訊《き》いてくる。

相手が気になるのは、アイナちゃんも同じだったようだ。

はじめて会う詩織と沙織に、アイナちゃんの顔には「誰だろう?」と書かれていた。

となれば――

「アイナちゃん、俺《おれ》の妹たちを紹介するね」

「シロウお兄ちゃんの……いもうとさん?」

「そ。こっちが――」

「にぃにが愛してやまない妹で、長女の詩織で~す。よろしくね~」

「……うん。よ、よろしくおねがいします」

「可愛い~」

詩織の目がとろんとする。

「それでこっちが――」

「兄ちゃんの愛くるしい妹で、次女の沙織だよ!」

「愛くるしい? いったい誰が――いてっ」

沙織はアイナちゃんに微笑みかけながらも、その足はしっかりと大地を踏みしめていた。

俺の足越しに。とても痛い。

「シオリお姉ちゃんと……サオリお姉ちゃん?」

「しおりん聞いた？　『お姉ちゃん』だって。お姉ちゃんっ。なんか胸がキューン♥って
してこないっ？」

「わかる～。こんな可愛い子に『お姉ちゃん』なんて呼ばれたら、胸がきゅんきゅんしち
ゃうよね～♥」

アイナちゃんに「お姉ちゃん」、と呼ばれたのが嬉しかったのだろう。

二人とも顔を蕩《とろ》けさせていた。

一方でアイナちゃんは、俺の妹と聞いて驚いた様子。

「は、はじめまして。シロウお兄ちゃんのお店ではたらかせてもらってるアイナです。シ
ロウお兄ちゃんにはとってもとってもおせわになってます」

アイナちゃんがぺこりと頭を下げる。

八歳《さい》なのに完璧《かんぺき》なご挨拶。

どこかの双子に見習って欲《ほ》しいぐらいだ。

「へぇえ。そうなんだ。兄ちゃんのお店で働いてる…………って、えぇーっ⁉」

沙織の顔が、ぐるりとこちらを向く。

その目には、なぜか怒《いか》りが宿っていた。

「兄ちゃん！　働かせてるって……こ、こんな小さい子をコキ使ってるの⁉」

「えぇ～!?　にぃにひど～い。こんな可愛い子を働かせるなんて鬼畜《きちく》ぅ～。悪魔《あくま》～。ヒモ男～」

「ママに言いつけてやるからね！」

「パパにも言っちゃお～」

二人から激しいブーイングが飛んでくる。

ピンと伸ばした親指を下に向け、それはもうブーブーと。

なんだか頭が痛くなってきた。

「まー待て二人とも。まずは事情を説明させてくれ」

「言い訳はかっこわるいよ～？」

「その判断は二人に任せるよ」

「わかった。なら兄ちゃんの弁明を聞いてあげる」

「聞く耳持ってくれて嬉しいよ。まずは……そうだな。アイナちゃんとの出逢《であ》いから話そうか。あれは俺がこの町に――……」

二人に、アイナちゃんとの出逢いを語りはじめる。

スキルを使い、異世界で商売をはじめたこと。

花売りだったアイナちゃんに手伝って貰い、一緒に露店《ろてん》を盛り立てたこと。

町長のカレンさんから、昔住んでいた家を店舗《てんぽ》として使わせてもらっていること。

ついでに冒険者《ぼうけんしゃ》ギルド『妖精《ようせい》の祝福』と良好な関係を築いていること。

領都の商業ギルド『久遠《くおん》の約束』に加盟し、いまじゃ町を飛び越《こ》えて商売をしていること。


俺の異世界でのサクセスストーリーを、ちょっとだけ脚色《きゃくしょく》つけて説明したところ——

「しおりん、こっちの世界で彼氏《かれし》ができちゃったらどうする？」

「詩織は白馬に乗った王子様がいいな～。イケメンのリアル王子さま～」

「じゃああたしは甘《あま》えてくるネコ耳のイケメンがいいな。それで尻尾《しっぽ》をもふもふするの！」

「じゃあ詩織ももふもふする～」

二人はまったく聞いていなかった。

落ち込む俺の背中をアイナちゃんが優《やさ》しくさすり、ピースが「にゃーお」と鳴く。

いまのやり取りをピース越しにばーちゃんが見ていたら、腹を抱《かか》えて笑ったことだろう。

◇◆◇◆◇

「つまり、兄ちゃんはこの町でお店をやっていて、この子は兄ちゃんのお店の店員なワケね」

「まだ子供なのに働いてるなんて凄《すご》いね～」

店に移動してきた俺たち。

俺とアイナちゃんが開店準備をする傍《かたわ》ら、二人は持ってきたスナック菓子《がし》をポリポリと。

「おカネがなくてこまってるときにね、シロウお兄ちゃんがアイナのことたすけてくれたんだよ」

「へええ。兄ちゃんやるじゃん」

「にぃにが人助けか～」

「アイナね、シロウお兄ちゃんにあえてとってもしあわせなの」

出逢って一時間もしないうちに、アイナちゃんは妹たちと仲良くなっていた。

詩織も沙織も、幼いアイナちゃんをきゃあきゃあ言いながら愛《め》でていて、アイナちゃんはアイナちゃんで、自分を猫かわいがりしてくれる二人に甘えはじめていたのだ。

「小さいのにがんばってるんだね！」

「詩織たちも負けてられないな～。ね～、さおりん」

「だね！　というわけで兄ちゃん、」

「なんだ？」

「昨日拾った卵持ってきて！」

「別に構わないけど……まさか、まだ換金《かんきん》する気でいるのか？」

「あったり前でしょ」

「うんうん、じゃないとあんなに重い卵を運んだ意味がないもんね～」

「運んできたのはお兄ちゃんだぞー」

小さく抗議《こうぎ》するも、二人の耳には届いていない様子。

「にぃには長男だからい～の」

「兄ちゃん、卵。早く、卵」

「はいはい。ちょっと待っててね」

俺は二階に上がり、襖《ふすま》を実体化させオープン。

仏間に置いていた卵を持ち上げる。

腰《こし》の悲鳴を聞きつつ、再び店へ。

「ふわぁ。おおきいたまご！」

卵を見たアイナちゃんが目を丸くする。

「アイナちゃん、この卵ね、あたしが見つけたんだよ」

「サオリお姉ちゃんが見つけたの？」

「そうだよ！」

「運んだのは俺だけどね。それよりアイナちゃん、この卵がなんの卵か知ってる？」

訊かれたアイナちゃんは、首を横に振った。

「ううん。アイナしらない。こんなにおおきなたまご、アイナはじめて見た」

「そっか。知らないってことはメジャーな卵ではないのかな」

少なくとも、食卓《しょくたく》に上がるような卵ではなさそうだ。

「兄ちゃん、この卵売れる場所しらない？」

「どうだろ。酒場とかなら買い取ってくれるのかな？」

「詩織、安く買いたたかれるのは嫌だからね～」

「そうだよ兄ちゃん！　売るなら目一杯《めいっぱい》高い値段をつけてくれたとこでだからね！」

「へいへい。わかったよ」

二人から理不尽な要求を突きつけられ、俺は肩をすくめる。

この卵を、適切な値段で買い取ってもらうために必要なこと。

それは――

「なら、まずはこれがなんの卵か調べるとこからはじめないとだな」

「へ？　兄ちゃん調べられるの？」

「ふふん。とーぜん」

沙織の問いに、ドヤ顔で応じる。

そんな俺を見て、アイナちゃんはすぐにピンときたようだ。

「あ、シロウお兄ちゃんもしかして！」

「アイナちゃんはわかったみたいだね。そう。この卵を調べるには……」

「「調べるには？」」

三人の視線を受けつつ、俺はこう続けるのだった。

「冒険者ギルドに見せるのが一番だよね」

第五話　鑑定《かんてい》をしてみよう

「あん？　買い取りじゃなくて鑑定だぁ」

「ええ。受付の方に訊いたら、こちらで鑑定をしていると聞きまして」

やってきたのは冒険者ギルド『妖精の祝福』。その中にある、素材の買い取り部署。

ギルドの新人受付嬢《うけつけじょう》に卵の鑑定を相談したところ、ここへ案内された次第《しだい》だ。

「簡単に言ってくれんなぁ。鑑定つってもよ、他の連中より少しばかりモンスターや山野草に詳《くわ》しいだけだぞ。まあ、おかげで引退してもこの仕事にありつけてるわけだがな」

対応してくれたのは、元冒険者の陽気なおじさん。

顔だけではなく全身古傷だらけで見た目は怖《こわ》い。

けれども、笑うと意外に愛嬌《あいきょう》があった。

「膨大《ぼうだい》な知識量を持つ貴重な人材だからこそ、ギルドも手放したくなかったんでしょうね」

「おお？　嬉しいこと言ってくれるじゃないか。でもよ、煽《おだ》てたってなにも出やしないぞ」

「やだなー。煽ててなんかいませんよ。本心ですって」

「がっはっは！　本当かぁ？」

このおじさんはギルドの職員で、主にモンスターの解体と素材の値付けを担当しているそうだ。

様々なモンスターに精通していて、その知識量から鑑定《かんてい》も任されている。

骨や牙《きば》、ほんの僅《わず》かな肉片《にくへん》からでも何のモンスターのものか特定できるというのだから、凄いよね。

「商人の旦那《だんな》がギルドに鑑定依頼《いらい》とは、珍しいこともあったもんだ」

「いろいろと事情がありまして」

「ふーん。いろいろねぇ。……そっちの娘《むすめ》っ子《こ》絡《がら》みか？」

おじさんが俺の背後に視線を送る。

視線の先には、腕組《うでぐ》みした沙織《さおり》が立っていた。

「大正解です。彼女《かのじょ》は俺の妹で、」

「あ、尼田《あまた》沙織だよ！　よ、よよよ、よろしくねおっちゃんっ！」

緊張《きんちょう》からか声が裏返るも、なんとかご挨拶。

おじさんの見た目が怖いから、ビビってるんだろうな。

けっこー顔が引きつっていた。

ちなみにもう一人の妹、詩織《しおり》はアイナちゃんと一緒に店番をしている。

詩織は可愛《かわい》いモノが大好き。

冒険者ギルドという血湧《ちわ》き肉躍《にくおど》るパワーワードよりも、アイナちゃんと一緒に居ることを選んだのだ。

「おう、よろしくな。おれは妖精《こ》の祝《こ》福の職員でバリルってモンだ。しっかし、似てるとは思っていたが旦那の妹かい。となりゃ贔屓《ひいき》しないわけにゃいかないな」

おじさん改め、バリルさんがにんまりと笑う。

悪意ゼロの、純粋《じゅんすい》な笑《え》み。

けれど、

「ひっ……」

傷だらけの顔で微笑《ほほえ》むものだから、沙織がさらにビビってしまった。

日本で育った沙織からしたら、とんでもないアウトローにしか見えないんだろうな。

もう慣れちゃったけれど、俺も最初の頃《ころ》は冒険者相手に緊張していたもんだ。

「さっそくですが、今日は妹が見つけた『とある卵』を鑑定してもらいたくて来ました」

「卵だぁ？」

「ええ。卵です。鑑定できそうですかね？」

「おれが知ってるものならな。ま、モンスターの卵は大きさや色、殻《から》の模様から特定しやすいモンではある。たぶんイケると思うぜ」

「おー。さすがギルドの鑑定員。頼《たよ》りになりますね」

「茶化《ちゃか》さないでくれよ旦那。それよりモノを見せてもらえるか？」

「わかりました。鑑定してもらいたいのは……これです」

背負っていた卵を、背負子《しょいこ》ごとカウンターにドンと置く。

「こいつは……でかいな」

「ええ。モンスターの卵なのはわかるんですが、なんの卵かまではわからなくて」

「どこでこいつを？」

答えたのは沙織。

「森だよ！　森で拾ったの！」

「ってぇと、ジギィナの森か？」

「じぎーなの森？」

沙織が首を傾《かし》げる。

この世界に来てまだ数時間しか経《た》っていない沙織。

当然、ニノリッチ周辺の地名を知るわけがない。

変わりに俺が頷《うなず》き、答える。

「そうです、ジギィナの森で見つけました」

「森にこいつがねぇ……。ちょっと触《さわ》らせてもらえるか？」

「どーぞどーぞ。そのために持ってきたわけですから」

俺の同意を得て、バリルさんが卵を調べはじめる。

サイズを測ってみたり、持ち上げてみたり。

殻の模様を指でなぞったかと思えば、殻をコンコンと叩《たた》く。

俺と沙織が見守るなか、一〇分が経過。

そして、

「……ふぅ。待たせたな旦那。だいたいわかったぜ」

「ホントですか？　さすがですね。それで何の卵だったんですか？」

「その前に、いくつか確認《かくにん》させてくれ。旦那の妹はこいつを『森で見つけた』って言ってたな？　それはウソじゃないよな？」

「う、うそじゃないよ！　ね、兄ちゃん？」

「ええ。俺もその場にいました。森に落ちてたのを拾ったんです」

「巣のようなものはあったか？　枝や枯草《かれくさ》を集めたこんぐらいのやつだ」

バリルさんが両手を広げ、サイズ感を伝えてくる。

「念のため確認しましたが、それらしきものはありませんでしたね」

「そうか。旦那が言うなら間違《まちが》いねぇか」

「なんで兄ちゃんの言うことなら信じるのよ！」

「まーまー沙織、そこは兄の人徳というヤツだよ。俺をよくよく見ればわかるだろ？　後光が差しちゃうぐらい人徳が溢《あふ》れ出てるのがさ」

「兄ちゃんに人徳なんてあるわけないでしょ！」

「ひどい！　兄に向かってひどい!!」

沙織との小競《こぜ》り合《あ》いを見て、バリルさんが呆《あき》れたように笑う。

「旦那、妹さんと仲が良いのはわかったから話を続けてもいいか？」

「おっとすみません。つづ――」

「あたしが兄ちゃんと仲いいわけな――ふがふがっ!?」

「失礼しました。話を続けてください」

沙織の口を塞《ふさ》ぎつつ、先を促《うなが》す。

「それじゃあ続けるぞ。最初は模様が違《ちが》うから迷ったがよ、エビラスオルニスの亜種《あしゅ》か新種の卵で間違いないだろうぜ」

「『えびらすおるにす？』」

俺の声と、手を振りほどいた沙織の声がきれいに重なる。

「ああ。エビラスオルニスだ。馬鹿《ばか》みたいにデカくて地を走る鳥型モンスターなんだが……」

バリルさんは俺たちをチラリ。

「旦那たちは知らないみたいだな。まあ、こっちじゃエビラスオルニスを見ることは少ないからしゃーないわな」

バリルさんの説明によると、エビラスオルニスというのは鳥型モンスターの名で、馬の代わりにもなるそうだ。

最高速度こそ僅かに馬に劣《おと》るものの、その体力は圧倒的《あっとうてき》。

なんと最高速度を維持《いじ》したまま長時間――それこそ半日でも走り続けることができるらしい。

しかも雛《ひな》から育てれば人に懐《なつ》きやすく、気性《きしょう》は穏《おだ》やか。そのため王侯《おうこう》貴族の間では騎獣《きじゅう》として大人気なんだとか。

「大方、ゴブリン辺りが巣から卵を盗《ぬす》み出して、その途中《とちゅう》で別のモンスターか冒険者にでも遭遇《そうぐう》しちまったんだろうよ」

「で、卵を放《ほう》り出して逃《に》げたと？」

「そういうこった」

とバリルさん。

「たしかここに……お、あった」

バリルさんが棚《たな》から図《ず》鑑《かん》のようなものを取り出し、カウンターで開く。

「旦那、これがエビラスオルニスだ」

バリルさんはそう言い、図鑑の絵を指でトントンと。

そこには、ダチョウをもっとフサフサにした感じの絵が描《えが》かれていた。

「カワイイ……」

沙織が呟《つぶや》く。

呟きつつ、スマホでパシャリと。

どうやらエビラスオルニスの姿は、沙織のハートにもグっときたようだ。

「そんで……旦那はこいつ《卵》をどうするつもりなんだ？」

ぽんと卵に手を置き、バリルさんが訊いてきた。

「逆に訊きますけど、どうしたらいいと思います？」

「そうだなぁ……。おれが旦那なら売っぱらっちまうだろうな」

「売る、と。理由を聞かせてもらえますか？」

「簡単だ。いっくらエビラスオルニスが潰《つぶ》しがきくモンスターだってもよ、そもそも育てるヤツがいないとどうしようもねぇ」

「……確かに」

「親鳥がいれば子育てを任せられたかもしれないが、こいつに親はいない。となりゃ育てるのは旦那だ。旦那にエビラスオルニスを育てることができるか？」

「確実に無理でしょうね」

「だろ？　なら欲しがるやつに売っちまった方がこいつの為《ため》ってもんよ。しかも貴族に大人気のモンスター。この町にいなくても、他所の町なら雛鳥《ひなどり》でも欲しいって言うやつがいるだろうからな」

　バリルさんの言うことは尤《もっと》もだ。

　俺にエビラスオルニスを育てる能力がない以上、育てることができる人に譲《ゆず》るのが双方《そうほう》の——なによりこの卵の為になるだろう。

「売るとなると、素材商のゲラルドさんに買い取ってもらうのが一番ですかね？」

「どうだろうな。たしかにゲラルドの旦那も稼《かせ》いじゃいるけどよ、おれだったらギルマスに頼《たの》んでどっかの貴族か王族を紹介《しょうかい》してもらうね」

「ネイさんに？」

「ああ。家を飛び出しちまったとは言え、ウチのギルマスは貴族さまだからな。伝《つて》のひとつやふたつあるだろうよ」

「なるほど。ネイさんのご実家は大貴族と聞きますしね」

妖精の祝福ニノリッチ支部をまとめあげる、美しきギルドマスター、ネイ・ミラジュさん。

冒険者たちの話を聞く限り、元々どこかの国の貴族で、とてもおカネ持ちなんだそうだ。

「そっか。ネイさんを頼るという選択肢《せんたくし》もありますね」

「だろ？　旦那はウチにたくさん貸しがあるからな。ギルマスも嫌《いや》とは言わないはずだぜ」

「あはは。俺としては貸しではなく借りをつくった憶《おぼ》えしかないんですけどね」

「そーゆーとこだよ。旦那のそーゆーとこがみんな気に入ってんだ。だからついつい手助けしちまいたくなるのさ」

バリルさんが茶化すように片目をつぶる。

「なんならおれからギルマスに話を持っていこうか？」

「ありがとうございます。ですが、ネイさんには俺から相談してみます」

「そうかい」

「ええ」

そんな感じで話がまとまりかけたときだった。

「えい！」

突如《とつじょ》、沙織がボディブローを打ってきた。

「いたいっ」

鳩尾《みぞおち》を穿《うが》つ、痛恨《つうこん》の不意打ち。

「っ……。さ、沙織？　なーんでいきなり腹パンするのかな？」

「そんなの兄ちゃんが勝手に話をすすめちゃうからでしょ！」

両手を腰に当て、怒《おこ》ってるポーズの沙織。

やがて、

「わかってる兄ちゃん？」

と言うと、カウンターに置かれたままの卵をビシッと指さす。

「この卵はね、あたしが見つけたの！　つまり、この卵をどーするかはあたしに決定権があるの！」

「でもさ、売ろうにも沙織には伝がないだろ？　だから代わりに俺が交渉《こうしょう》を――」

「チッチッチ」

俺の言葉を遮《さえぎ》り、沙織がピンと立てた人差し指を振る。

「わかってないなぁ兄ちゃんは。なんで売る前提に考えるのよ？」

「いや、だってなお前、この卵が高値で売れるかもしれないんだぞ」

「しゃらーぷっ！」

「ぐえっ」

突然《とつぜん》のビンタ。

ぱちんと乾《かわ》いた音が小さく響《ひび》く。

「兄ちゃん目が澱《よど》んでるよ！　預金通帳見てるときのパパみたいになってるよ！」

「親父《おやじ》みたいに⁉」

「うん。人としてダメな目をしてた！」

「なんてこった」

親父の唯一《ゆいいつ》の趣味《しゅみ》。それは貯金。

子供の頃に貰《もら》ったお小遣《こづか》いやお年玉。社会に出てからは給料とボーナスをコツコツと貯《た》めてきたらしい。

そして、そんな通帳の残高を眺《なが》めながら飲む酒が美味《うま》いと言っていた。

「親父みたくならないように気をつけないとな」

そう自戒《じかい》してから、沙織に向き直る。

「兄ちゃん、正気にもどった?」

「ああ。戻《もど》ったよ。ありがとな。それで……沙織はこの卵をどうするつもりなんだ?」

そう訊くと沙織はにっこりと笑い、とんでもないことを口にした。

「あたしが育ててみよっかなって」

「……なんて?」

「だから、あたしが育てよっかなって」

「「はぁぁぁぁぁぁぁ――――ッ!?」」

俺とバリルさんの重なった声は、ギルド中に響くのでした。

第六話　卵、いきなり孵《かえ》る

「――ってわけでね、この卵はエビ……エビ～……うん、エビなんとかってゆー、すっごい大きくてふわもこな鳥の卵なんだって！」

店へと戻ってきた俺たち。

沙織《さおり》はさっそく、卵の中身について詩織《しおり》とアイナちゃんに聞かせていた。

「へええ～。鳥さんか～。そんなに大きいなら乗ることができそうだよね～」

「そうなの！　馬みたいに乗ることもできるみたい！　ヤバくないっ？」

「すご～い。詩織乗ってみたいな～」

「でしょでしょ。やっぱしおりんも乗ってみたいよね！」

「さおりん一緒《いっしょ》に乗ろ～ね～」

ウッキウキの沙織と詩織。

興奮気味なのは妹たちだけではない。

「シロウお兄ちゃん、」

「なんだい？」

「ほんとに……エビラスオルニスの卵なの？」

アイナちゃんが訊いてきた。

瞳《ひとみ》はキランキランに輝《かがや》いている。

「冒険者ギルドで調べてもらったんだけど、そのエビラスオルニスの卵らしいよ。しかも新種か亜種かもだって。アイナちゃんはエビラスオルニスを知ってる？」

「うん。アイナがむかしすんでた町でね、一回だけ見たことがあるの」

「おお！　そうなんだ。ギルドの職員からはけっこーな大きさだって教えてもらったんだけど、どれぐらい大きいのかな？」

「んとね……こ、これぐらいかな」

アイナちゃんが両手をいっぱいに広げて、大きさを伝えてくる。

目《め》一杯《いっぱい》腕《うで》を伸《の》ばしてはいるんだけれど、アイナちゃんはまだ子供。いまいちサイズ感が伝わってこない。

ただ、とにかく大きいということだけはわかった。

「そんなに大きいんだ」

「うん。お馬さんよりもね、おおきいんだよ」

「おお……。ホントに大きな鳥なんだね」

馬よりも大きいとなると、ダチョウよりも迫力《はくりょく》がありそうだな。

一人感心していると、

「あのね、シロウお兄ちゃん」

アイナちゃんがおずおずと。

「ん、なんだい？」

「アイナもね、」

「うん」

「エビラスオルニスにのってみたいなぁ、なんて。……ダメかな？」

遠慮《えんりょ》がちに言ってくるアイナちゃん。

横目でチラチラと卵を見ては、上目遣《うわめづか》いに俺の反応を窺《うかが》う。

俺はアイナちゃんの頭を撫でてから、優しく微笑む。

「ダメなわけないでしょ。無事に卵が孵ったら乗せてもらおうね」

「ホント？　ホントにアイナもいいの？」

「もちろんだよ」

「やったぁ」

アイナちゃんがぴょんぴょこ飛び跳《は》ね、全身で喜びを表す。

一方で妹たちはというと、

「さおりん、名前はなににしようか～？」

「あたしは『タルトちゃん』にしたいな」

「ええ～。スイーツ系はイタいでしょ～。もうちょっと真剣《しんけん》に考えてあげようよ～」

「ひどいっ。あたしは真剣だよ」

「うっそだ～」

早くも名前を考え出していた。

「そういうしおりんは、どんな名前にしたいのよ？」

「すあま」

「……え？」

「すあま」

「す、すあまって……ピンクのお餅《もち》みたいなやつのこと？」

「それそれ～。さおりんは詩織がすあま大好きなの知ってるでしょ～？」

「いや、知ってはいるけど……でもそれって『いま』ハマってるだけだよね？」

「むぅ～っ、さおりんはすあまに反対なの～？」

「だってしおりん飽《あ》きっぽいじゃん」

「詩織はすあまちゃんがいいの～」

「わかった。じゃあさ、アイナちゃんにどっちにするか決めてもらおうよ」

「いいよ～。ねねアイナちゃん、アイナちゃんはどんな名前がいいと思う～？　やっぱすあまちゃんだよね～？」

「アイナちゃん、タルトだよね？　タ、ル、ト！」

斯《か》くて、名前の決定権はアイナちゃんに託《たく》されることに。

妹たちの考えた、『タルト』と『すあま』。

ある意味究極の選択《せんたく》。

どうして兄である俺《おれ》にも訊《き》いてくれなかったのかと落ち込みつつも、アイナちゃんが出した答えは――

「アイナは……すあまがかわいくてすきかな」

「聞いたさおりん？　アイナちゃんは詩織の考えたすあま推《お》しだよ～」

「んくくっ……仕方がない。アイナちゃんに決めてもらうって言ったのはあたしだし、すあまでいいよ」

「今日から君はすあまだよ～。早く卵から出てきてね～、すあま～」

和気あいあいと、孵ってもいないエビラスオルニスの名前をみんなで考えていたら、あっという間に夕方になってしまった。

その後は忙《いそが》しかった。超《ちょう》忙しかった。

まず、妹たちに懇願《こんがん》された俺は一人ホームセンターへと赴《おもむ》き、卵を温めるための電気毛布と、電源として二四〇〇キロワットもある超大容量《ちょうだいようりょう》ポータブルバッテリー（めっちゃ高かった）を購入《こうにゅう》。もちろん温度計も忘れてはいけない。

閉店時間ギリギリに買い物を終え、卵を二階の一室に運ぶ。

卵を電気毛布でくるみ、ポータブルバッテリーに繋《つな》いでスイッチをオン。

次に卵を置いた部屋を片付け、布団《ふとん》を持ち込み寝室《しんしつ》にする。

これは昼間だろうと深夜だろうと、卵の様子を見られるようにするためだ。

まだ見ぬエビラスオルニスの雛（命名すあま）に振《ふ》り回されながらも、なんとか無事一日を終えたのだった。

◇◆◇◆◇

ただの偶然《ぐうぜん》か、はたまた運命の巡《めぐ》り合わせか。

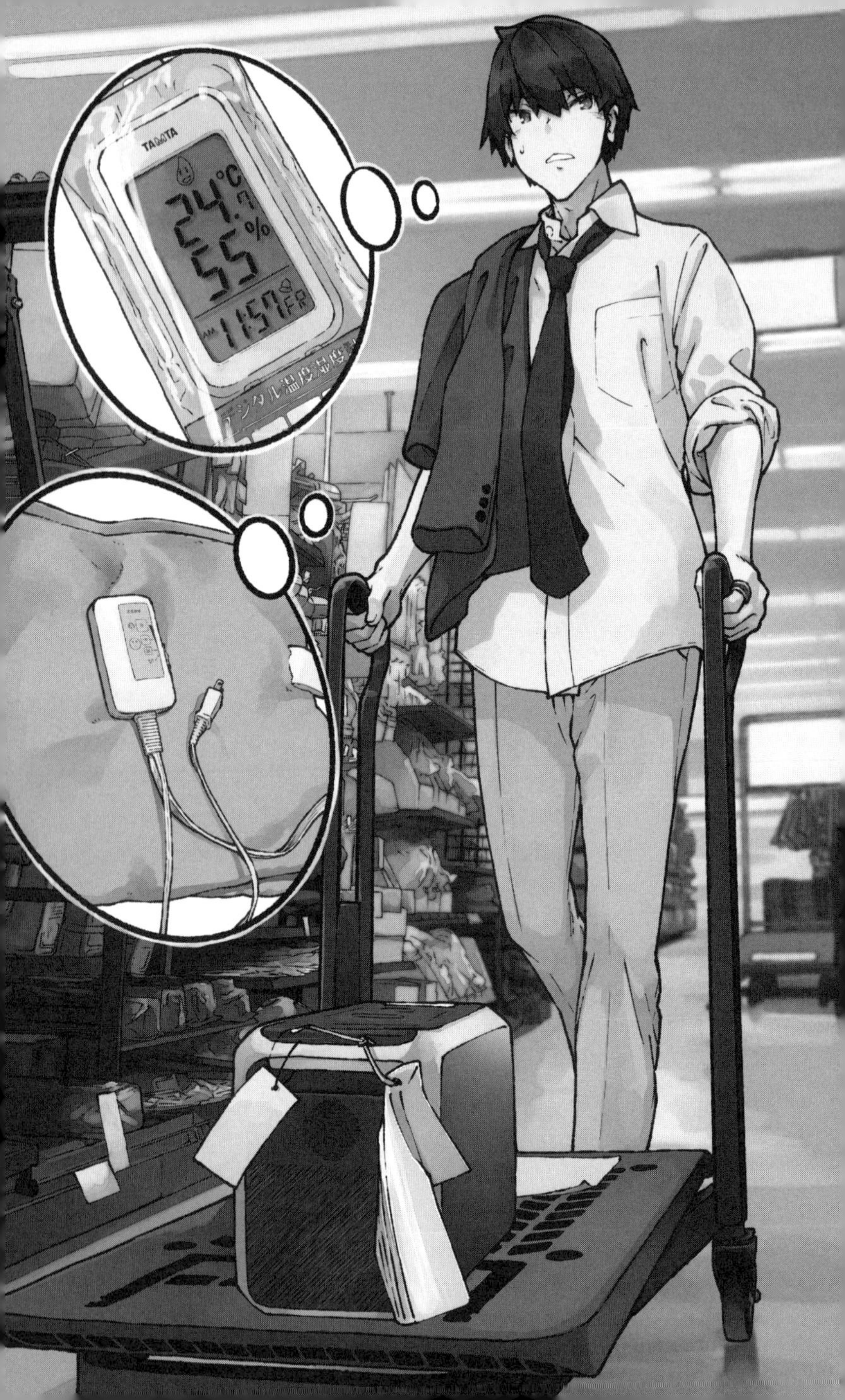
24.7°C
55%
AM 11:57 FR
デジタル温度湿度

翌朝、開店準備をしている俺の耳に、沙織と詩織の悲鳴が届く。

慌《あわ》てて二階へと駆《か》け上がる俺とアイナちゃん。

二人の視線の先を見れば、卵がぴくりぴくりと揺《ゆ》れている。

「兄ちゃん見て！　卵が――卵が勝手に動いてるの！　これってアレかな？　もう生まれるってことなのかな？」

「落ち着け沙織。卵は生まれるんじゃなくて、『孵る』とか『孵化《ふか》する』ってゆーんだぞ」

「知ってるよそれぐらい！」

「痛いっ」

悔《くや》し紛《まぎ》れに、えいやと俺の足を踏《ふ》んでくる沙織。

理不尽《りふじん》なことこの上ない。

「にぃに大丈夫《だいじょうぶ》～？」

「ありがと詩織ちゃん。それより卵はいつから？」

「さっきだよ～。なんか物音するな～って思って振り返ったらね～。卵が動いてたの～」

詩織の話によるとこうだ。

パジャマから制服に着替《きが》えていると、どこからか物音が。

音の発生源を探していると、卵がぷるぷると震《ふる》えていたそうだ。

一昨日拾った卵がもう孵るだなんて……。

もうちょっと雛鳥（ジャンボサイズ）を迎《むか》え入れる心構えをしたり、飼育法を調べたりとかしたかった。

「もう雛が出てくるってことだよね？　ねね、そうだよねしおりん！」

「そうだと思うよ～」

「ええー!?　ど、どうしよう！　こゆときは……あ！　お湯！　お湯とタオルいっぱい用意するんだよねっ？」

「沙織、それは人が生まれる時だ」

卵を前に、沙織はあたふたと。

そうこうしているうちに、卵にヒビが入りはじめた。

「うわーっ!!　もう出てきちゃうよー!!」

「慌てたって仕方がないよ～。さおりん、ここは詩織に任せて～」

そう言うと詩織は、沙織をそっと押《お》しのけて卵の前に立つ。

両手を広げ、優《やさ》しい笑みを湛《たた》える詩織。

「しおりん……？」

「詩織ちゃん？」

「シオリお姉ちゃん？」

突然の行動に首を傾げる俺たち。

数秒の後、沙織がハッとしてなにかに気づく。

「ああー!!　しおりん生まれてくる雛に自分が親だって思わせるつもりでしょ！　ほらアレ――なんとかぷてぃんぐってヤツ!!」

「どこのプリンだそれは。それを言うならインプリンティングだよ」

「それよそれ!!」

刷り込み現象《インプリンティング》とは、卵から孵った鳥が、最初に目にしたものを親と認識《にんしき》する現象のことだ。

つまり詩織は、これから出てくる雛鳥に自分を親だと認識させたいわけか。

「詩織ね～、一度鳥さん飼ってみたかったんだ～」

「ずるいよしおりん！　その子のママにはあたしがなるんだよ！」

「顔が一緒だから大丈夫だよ～。だからここは詩織に任せて～」

「ヤダ！　あたしがママなの！」

「あ、ちょっと離《はな》してよ～」

卵の正面に立つ権利を――母の座を争い、小競り合いをはじめる二人。

小競り合いはやがて、

「しおりん、ここは譲らないよ！　あたしが見つけた卵なんだから！」

「いいでしょ〜。こないだファミレスで奢《おご》ってあげたじゃないのよ〜」

「それドリンクバーじゃん！　二〇〇円の！」

「泣きそうになりながら『奢って！』って頼んできたのはさおりんだよ〜」

醜《みにく》い争いへと発展した。


——ピシリッ。


卵に大きなヒビが入る。

その瞬間《しゅんかん》、

「「あ……」」

組んずほぐれつ状態にあった詩織と沙織がバランスを崩《くず》し、床《ゆか》にスッ転ぶ。

転んだ二人の代わりに、卵の正面にいたのは俺。

卵の殻が割れたのは、そんなタイミングでのことだった。

『キュピーッ』

卵から出てきた『モノ』が産声《うぶごえ》を上げる。

そして正面に立つ俺とバッチリ目が合ってしまう。

「「「……」」」

出てきたモノを見て、俺たちは無言。ただただ無言。

なぜなら――

『キュピーッ』

中から出てきた生き物が鳥ではなく、明らかに犬っぽい形状をしていたからだ。

◇◆◇◆◇

「……ねぇ兄ちゃん」

「ねーねーにぃに」

「なんだい二人とも？」

二人は卵から出てきた存在を指さし、息ピッタリに告げる。

「「これ、鳥じゃないよね？」」

「鳥じゃないねー」

卵から出てきた、犬っぽい生き物。

全身が粘液塗《ねんえきまみ》れで、体毛が体に張り付いている。

『キュルル……』

犬（仮）は周囲をキョロキョロ。

再び俺を見て、『キュピー』と鳴いた。

「ひっ」

沙織がびくりとする。

それを見た詩織は、ため息を一つ。

「さおりん、ワンちゃんキライだもんね～」

「小《ち》っちゃいころバカ犬に追いかけ回されたトラウマは一生モンよ！」

沙織が小さかったころ、近所の大型犬に追いかけられる事件があった。

追いかけていた犬としては遊びたかっただけなのだけれども、追いかけられた沙織としては、犬を嫌《きら》いになる出来事としては十分だったらしい。

以来、沙織は犬を見るとビビるようになってしまったのだ。

「こんなの詐欺《さぎ》よ詐欺！　兄ちゃんこの犬っころをあの強面《こわもて》マッチョに返してきて!!　いますぐに!!」

強面マッチョってバリルさんのことかな？

「でもね沙織、この卵を――もう卵じゃないけど、俺がこの卵を売ろうとしたときに『育てる』って言ったのは沙織でしょ」

「うっ……」

「なのに出てきたのがエビラスオルニスじゃなくて犬っぽい生き物だったからって、やっぱり返しますは沙織の勝手じゃないかな？」

「それは……そうかもだけどさ」

「もちろん、この犬を俺たちが育てるなんて言わないさ、そもそも飼育法もわから――」

「シロウお兄ちゃん」

「――ないわけだし……って、どしたのアイナちゃん？」

沙織を叱《しか》っていると、アイナちゃんがちょいちょいと俺の服を引っぱってきた。

アイナちゃんは犬（仮）から目を離さずに。

「んと、この子なんだけどね、アイナはワンちゃんじゃなくてね、」

「うん。ワンちゃんじゃなくて？」

「ドラゴンだと思うな」

「……ドラゴン？」

よく見れば、犬（仮）の背中には、折りたたまれた羽のような部位が。

「うん」

「よく吟遊詩人《ぎんゆうしじん》の歌に出てくる、あのドラゴン？」

「うん」

ドラゴン。その意味をやっと理解した俺は、

「どええええええええええーーーーーっ!?」

とりあえず絶叫《ぜっきょう》するのでした。

なんか最近、叫《さけ》んでばかりだな。

第七話　こんにちはドラゴン

ヤバイ。ドラゴンはヤバイ。流石《さすが》にドラゴンはヤバイ。

いかに俺が日本で生まれ育った別世界の人間とはいえ、ルファルティオ《この世界》に来るようになって約半年。

この世界におけるドラゴンの立ち位置は、それなりに理解しているつもりだ。

早い話が、ドラゴンはあらゆるモンスターのなかでも『かなりヤバイ』……いや、『ちょーヤバイ』部類に入るモンスターなのだ。

「マジでドラゴンっぽいな」

お湯を張った桶《おけ》で、子ドラゴンの体を洗う。

タオルで優しくこすり、粘液《ねんえき》を落とす。

子ドラゴンは目を細め、『キュルゥ……』と気持ちよさそうに喉《のど》を鳴らしていた。

いまのところ、嫌がる様子はなし。

「アイナちゃん、新しいタオル取ってもらえる？　この子を拭《ふ》いてやりたいんだ」

「ん、はい」

「ありがと」

アイナちゃんからタオルを受け取り、子ドラゴンの体を包み込む。

タオルに水分を吸わせつつ、ごしごしと。

『キュピー』

ある程度水分を拭きとると、そこには見た目が完全に犬っぽい子ドラゴンがいた。

体毛は雪のように白く、瞳は黄色に近い金色。

そして一番目を引くのが、額に埋《う》まっている（?）青い宝石のようなものだろう。

孵ったばかりのときは、体毛が張りついていて気づかなかった。

けれども洗い終えると、子ドラゴンの額には淡《あわ》く輝く青い宝石がくっついていたのだ。

「ねー、アイナちゃん」

「ん？　なーにシロウお兄ちゃん」

俺は子ドラゴンを前抱《だ》っこし、その額を指さす。

「ドラゴンってさ、みんなおでこに宝石みたいなのついてるのかな？　この子みたいに」

「アイナ、ほーせきがついてるドラゴンのことはきいたことないなぁ」

俺の問いに、アイナちゃんが首を傾げる。

子ドラゴンについて頭を悩《なや》ませる、俺とアイナちゃん。

対照的に、

「しおりん、この子やっぱドラゴンっぽいよ！　ドラゴン！　カッコよくない？」

「ドラゴンって、ゲームに出てくるドラゴンのこと～？」

「うん、きっとそうだよ！　マンガとか映画によく出てくるあのドラゴンだよ。すっごく強いヤツ！」

異世界初心者だからだろう。

詩織《しおり》と沙織《さおり》はドラゴンと聞いて大盛り上がり。

沙織にいたってはさっきまで嫌そうな顔をしていたのに、ドラゴンと知るや否《いな》や、きゃっきゃきゃっきゃと盛り上がっているぞ。

女子高生、状況《じょうきょう》に適応するの早すぎでしょ。

「すご～い。詩織は爬虫類《はちゅうるい》系ドラゴンは嫌だけど～。このふわもこドラゴンちゃんなら大《だい》歓迎《かんげい》だよ～」

「おおっ！　しおりんわかってるーっ！　せっかく異世界にいるんだもん。ドラゴンはロマンだよね！」

「うんうん。強大な力を持ったドラゴンが詩織たちに従うのはロマンあるよね～。ドラゴンを従えることができれば、この世界を獲《と》ったも同然だよ～」

「えぇ……。しおりんその考えヤバくない？」

「さおりん、強大な力は全《すべ》ての問題を解決するんだよ～」

………。

詩織が危険な思想を持ちはじめてしまった。

兄としてなにか言うべきだろうか？

でもいまは、それよりもドラゴンだ。

「アイナちゃん、俺ちょっとこのドラゴンのこと、冒険者《ぼうけんしゃ》ギルドに相談してくるね。お店は任せていいかな？」

「うん。アイナにまかせて」

「ありがと。じゃあ、ちょっと行ってきます」

そう言い、部屋から出ようとした途端《とたん》、

『キユピーッ』

「うわぁっ⁉」

犬（仮）改め、子ドラゴンが俺に跳《と》びかかってきた。

まさか捕食《ほしょく》？　いきなり捕食するの？　俺のことエサだと思ってるの？　というか俺食

べられちゃうの？

しかし――

『キュッピピー』

子ドラゴンが俺に頬《ほお》ずりしてきた。

甘《あま》えるように喉を鳴らし、すりすりと。

「…………え？」

この行動に俺はぽかん。

「これ、兄ちゃんのこと親だと思ってんじゃないかな？」

「にぃにがパパか～」


――インプリンティング。


これ確実にインプリンティング成功しちゃってるよね。

まさか俺がドラゴンの親になってしまうとは……。

『キュルピ？』

子ドラゴンが俺を見つめ、首を傾《かし》げる。

まるで、どうしたの？　とでも言っているかのようだ。

「えーっと、うん。ちょっとごめんね。俺には行かなくちゃいけないところがあるんだ」

そう言って、子ドラゴンを引き離そうとして――

『キュピピーッ』

「つよっ！　力つよっ！」

より強くしがみつかれてしまった。

「ちょっ、沙織！　詩織ちゃん！　この子を剥《は》がすの手伝って！」

『キュピピー。クルピーッ！』

「間違《まちが》いない！　コイツやっぱり兄ちゃんのこと親だと思ってるよ！」

『キュピ～？』

「にぃにに子供ができちゃったね～」

「詩織ちゃんやめて！」

『キュッピ、キュッピ！』

「よせ、俺に懐《なつ》くんじゃない！」

「へへへっ。あきらめるんだね兄ちゃん」

『キュピーッ！』

「この子もあきらめてだって〜」

「いやーーーー!!」

二人の手を借り、なんとか子ドラゴンを引っぺがす。

『キュピピピピィ〜〜〜〜〜っ!!』

悲鳴のように鳴き声を上げる子ドラゴンをアイナちゃんたちに託し、俺は冒険者ギルドに向かうのだった。

第八話　道を教えよう

「まさかドラゴンの卵だったとはねー」

ジャケットに袖《そで》を通し、冒険者ギルドへ向かう。

突然後ろから声をかけられたのは、その道中でのことだった。

「そこの貴様」

いきなり貴様呼ばわりされ、思わず振り返る。

そこには外套《がいとう》に身を包み、フードを被《かぶ》った旅人っぽい人が。

「えーっと……ひょっとしていま、俺のこと呼び止めました？」

「そうだ。貴様に訊きたいことがある」

旅人風の人が、目深《まぶか》に被るフードを少しだけ摘《つ》まみ上げる。

「っ……」

とんでもない美人さんだった。

背が俺よりも高く、ハスキーボイスだから男性かと思ったけれど、フードを摘まみ上げたことで女性だとわかった。

濃紺色《のうこん》の髪《かみ》のなか、前髪《まえがみ》の左側だけが真っ白になっている。染めているのかな？

でも一番特徴的《とくちょうてき》なのはその瞳だろうか。

被っているフードの奥《おく》から、赤い瞳がまっすぐに俺を見ていた。

恰好《かっこう》からして、旅人か冒険者。

妖精族《フェアリー》の一件で、ジギィナの森に古代遺跡《いせき》が見つかった。しかも財宝が盛りだくさんの。

その結果、『妖精の祝福』に所属しようと他所から冒険者がやって来たり、他支部からニノリッチ支部に移籍《いせき》しに来る冒険者が増えているそうだ。

目の前の女性もそんな冒険者の一人なのだろうか？

武器らしきものを所持していないようなので、判断に迷うところだな。

「訊きたいこと、ですか。どんなことです？　あ、ひょっとして道に迷っちゃったとか？」

「似たようなものだ。大切なものを落としてしまったのだが、只人族《ヒューム》には物探しを生業とする者がいると聞いたことがある。その者には何処《どこ》へ行けば会えるのか知りたい」

「はいはい、落とし物でしたか。ならまずは役場へ行くことをおすすめしますよ」

「ヤクバ？」

「ええ。役場です」

この町で何かを探したい場合、二通りの手段がある。

一つ目は冒険者に依頼《いらい》を出すこと。

逃《に》げ出したペットの捜索《そうさく》などが最たるもので、町内で完結する捜索依頼は、駆け出しの冒険者にとって大事な飯のタネになる。

そして二つ目は、役場に問い合わせることだ。

ニノリッチは小さな町。

住民全員が顔見知りのようなもので、遺失物があってもだいたい役場に届けられていたりする。

斯《か》くいう俺も、先日うっかりスマホを落としてしまった。

データの保存を忘れて久しいスマホだ。

町を散々探し回ったが見つからない。鳴らして探そうにも異世界は圏外《けんがい》。

一人途方《とほう》に暮れていると、なんと町長のカレンさんが店まで届けに来てくれたのだ。「役場に届けられていたぞ」と。

「あなたが落としたものを誰《だれ》かが拾っていた場合、最初に届けられる場所が役場になります」

「ほう。そのヤクバとやらはどこにある？」

「この通りをまっすぐ進んで、あそこに見える角を右に曲がると町の中央に出ます。そこにある大きな建物が役場です。もし届けられていた場合、受付でその旨《むね》を伝えれば戻《もど》ってくるはずですよ」

俺は女性に役場までの道のりを教える。

道順自体は簡単だから、迷うことはないだろう。

「わかった。ヤクバに行ってみよう。時間を取らせたな。これは礼だ」

そう言うと、女性は握《にぎ》りこぶし大の石を押し付けるようにして渡《わた》してきた。

「この石は？」

「知らぬのか？　紅魔鉱石《くれないまこうせき》だ。お前たち只人族には価値のあるものなのだろう？」

ごめんなさい、ぜんぜん知りません。

こんど誰かに訊いてみよっと。

「えっと、『お前たち』ってことは、あなたは只人族ではないのですか？」

女性は只人族にしか見えない。

なのに含《ふく》みのある言い方をするってことは、被っているフードの下にはケモ耳があったりするのだろうか？

もしそうならネコ耳だといいな。

「さあ、どうだろうな」

女性はそうはぐらかすと、

「では、な」

そう言い、立ち去ってしまった。

役場に向かったのだろう。

「……この鉱石を返しそびれてしまった。俺もギルドに行かないとだ」

そう呟《つぶや》き、女性と反対方向に歩き出す。

冒険者ギルド、『妖精の祝福』へ行くために。

第九話　みんなに相談してみよう

卵を拾ったら、中からドラゴンが出てきました。

ばーちゃんがお出かけ中のいま、そんなことを相談できる相手は彼らしかいない。

というわけで――

「ホントにいいのかあんちゃん？　昼飯どころか酒まで奢ってもらってよ」

「ぜんぜん気にしないでください。これからめんどくさい相談に乗ってもらうことを考えれば安いものです」

「そうかい。なら遠慮なく注文させてもらうぜ。おーい姉ちゃん、ニホンシュ《日本酒》を持ってきてくれー」

空になった杯《さかずき》を振り給仕《きゅうじ》を呼ぶのは、イケメン剣士《けんし》のライヤーさん。

そうなのだ。

俺は子ドラゴンのことを友人の冒険者に――『蒼《あお》い閃光《せんこう》』のみんなに相談することにしたのだった。

場所はギルドに併設《へいせつ》された酒場。その隅《すみ》っこにあるテーブル席。

壁際《かべぎわ》ということもあり、声量にさえ気をつければ会話を聞かれることもない位置だ。

まー、酒場は相変わらず賑《にぎ》わっているし、これだけ騒《さわ》がしかったらそうそう漏《も》れ聞こえることもないだろうけどね。

「………シロウには返しきれない借りがある。遠慮《えんりょ》なく相談してほしい」

独特の間でそう言ってくれたのは、魔《ま》法使《ほうつか》いでハーフエルフのネスカさんだ。

彼女《かのじょ》は恋人《こいびと》でもあるライヤーさんの隣《となり》に座《すわ》り、手土産《てみやげ》に持ってきたチョコのお菓子《かし》をもぐもぐと食べている。

「ありがとうございます。こんなことを相談できるのがみなさんしかいなくて……」

「シロウ殿《どの》、礼など不要ですよ。道に迷う者の悩みを聞き、助言を与《あた》えるのもまた神官の務め。なにより我々は友人ではないですか。ネスカ殿の言うように、どうぞ遠慮なく」

上座に座る武闘《ぶとう》神官のロルフさんが、諭《さと》すように言ってくる。

窓に背を向けていることもあり、差し込む日差しがまるで後光のように輝《かがや》いているぞ。

ロルフさんの徳の高さがうかがえるというものだ。

「そうにゃそうにゃ。ボクたちはマブダチ《親友》なんだにゃ。だからボクたちに気を使うのはダメなんだよ？」

右隣《みぎどなり》に座る斥候《せっこう》で猫獣人《ケットシー》のキルファさんが、どーんと体をぶつけてくる。

親愛の表現のつもりなのだろうけれど、危《あや》うく椅子《いす》から落ちるところだったぜ。

「はいよお待ち！」

給仕の女性が料理を運んできた。

テーブルに隙間《すきま》なく大皿料理が並ぶ。

これは奢りと聞いて、キルファさんとネスカさんが注文しまくった結果だ。

きっと食べ終わったタイミングで、俺がギルドに卸《おろ》しているコンビニスイーツも運ばれて来ることだろう。

「それであんちゃん、いったいおれたちになにを相談したいんだ？」

ライヤーさんが訊いてくる。

他の三人も、どんと来い！　とばかりに俺の言葉を待っている。

俺は「実はですね」、と前置きをしてから話しはじめた。

「先日、森で大きな卵を拾ったんですが――……」

森で卵を拾ったこと。

鑑定員《かんていいん》バリルさんに見せたところ、エビラスオルニスだろうと言われたこと。

しかし、卵から出てきたのがドラゴンだったこと。

困ったことに、どうやら俺を親と勘違《かんちが》いしていること。

そのせいで俺にめちゃくちゃ甘えてくること。意外と可愛《かわい》いこと。

いまも店で「キュピーキュピー」と鳴いていることなど、じっくりと説明させてもらった。

「――ということでして。子ドラゴンをどうするべきか悩んでいるんですよ」

四人の反応は顕著《けんちょ》だった。

あの食《く》いしん坊《ぼう》なネスカさんがフォークを取り落とす。

キルファさんは口をあんぐりと開け、温和で冷静沈着《ちんちゃく》なロルフさんの眉間《みけん》に深い皺《しわ》が刻まれる。

極《きわ》めつけは『蒼い閃光』のリーダー、ライヤーさんだ。

ライヤーさんもドラゴンと聞いて驚《おどろ》いたのだろう。食べていた料理を盛大に吹《ふ》き出しては、見事俺の顔面へ命中。

半ば砕《くだ》かれペースト状となった食べ物が、顔にもジャケットにもびっちゃりとついていても辛《つら》い。

ジャケットのクリーニング行きが確定してしまったぞ。

「す、すまねぇあんちゃん！」

「……いえ、俺《おれ》の相談事のせいですから気にしないでください」

ポケットからハンカチを取り出して拭いていく。

ライヤーさんは周囲をキョロキョロと。いまの会話が誰にも聞かれていないことを確認《かくにん》。

「あんちゃん、ドラゴンが店にいるってのはマジで言ってるのか？」

「大マジですよ。だから相談してるんです」

「そうかぁ～。そうだよなぁ～」

ライヤーさんが頭を掻《か》く。

それが困っている時や、迷っている時にするライヤーさんの癖《くせ》だと気づいたのは最近だ。

「ネスカ、お前があんちゃんの立場ならどうするよ？」

ライヤーさんが隣のネスカさんに尋《たず》ねた。

『蒼い閃光』には教師が二人いる。

一人は神官のロルフさんで、こちらは歴史や宗教、近隣《きんりん》諸国の情勢などに強く、また、パーティの交渉事《こうしょうごと》を一手に引き受けている。

もう一人が魔法使《まほうつか》いのネスカさんだ。

彼女は魔術《まじゅつ》学院だか魔法《まほう》学校なるところで学んでいたそうで、魔法以外にも様々な種族に神獣《しんじゅう》や幻獣《げんじゅう》、ドラゴンを含む高位モンスターの知識なんかも豊富。

そんなわけでライヤーさんは、子ドラゴンについてネスカさんに判断を仰《あお》いだのだろう。

「…………森に返すべき」

問われたネスカさんは、迷うことなく答えた。

「…………ドラゴンは竜使《りゅうつか》いでもなければ育てるのが難しいモンスター。ましてやシロウはただの商人。ドラゴンを手懐《てなず》けられるわけがない」

「ですよねー。やっぱりそうなりますよねー」

がっくりと肩《かた》を落とす。

ベテラン冒険者にこう言われてしまっては、ため息しか出てこない。

「シロウ殿、幼竜とはいえドラゴンは恐《おそ》ろしいモンスターです。仮に討伐《とうばつ》が必要になった場合、金等級の冒険者パーティが必要となりましょう。この町の安全を考えるのなら、大事に至る前に手を打つべきです」

「…………シロウ、モンスターに情を持ってはいけない。わたしたちとモンスターは別の生き物。住む場所も生き方も違《ちが》う」

「……はい」

「…………遅《おそ》かれ早《はや》かれ別れは来る。時間が経《た》てばそれだけ情も移る。別れるなら早い方がいい」
ロルフさんとネスカさんの言うことは尤《もっと》もだ。
例えるなら、あの子ドラゴンは無資格の素人《しろうと》には扱《あつか》えない危険物のようなもの。
平和なニノリッチでいつ爆発《ばくはつ》するとも限らない、とても危険な存在だ。
いや、わかってはいたんだ。ドラゴンが危険なモンスターだってことは。
でも、でもねぇ……。

『キュピピー。クルピーッ！』
『間違いない！　コイツやっぱり兄ちゃんのこと親だと思ってるよ！』
『キユピ～？』
『にぃにに子供ができちゃったね～』
『詩織ちゃんやめて！』
『キュッピ、キュッピ！』
『よせ、俺に懐くんじゃない！』
『へへへっ。あきらめるんだね兄ちゃん』
『キュピーッ！』

『この子もあきらめてだって～』

子ドラゴンの甘えてくる姿が、なぜかチラついてしまう。

「別れは来る、か」

呟く俺の背中を、キルファさんが慰《なぐさ》めるようにポンポンと。

「シロウ、ボクむずかしーことはわからにゃいけどね、森で拾ったんなら森に返すのが一番だと思うんだにゃ」

——森に返す。

モンスターがうじゃうじゃいるあの森で、あの子が生きていけるだろうか？
ドラゴンといっても、今朝孵《かえ》ったばかりの赤《あか》ん坊《ぼう》。
エサだって一人じゃ確保できないだろう。
そんな状態で森に放《ほう》り出しても、生き残れるわけがない。

「すぐに森に返すのは……ちょっと。俺から相談持ちかけたのに申し訳ないんですが、できれば他に——」

方法はないですか、そう続けようとしたタイミングでそれは起こった。

『話は聞かせてもらったんですよぅっ！』

突然《とつぜん》、何者かの声が聞こえた。

「誰だっ⁉」

ライヤーさんが声を荒《あら》らげ、周囲を警戒《けいかい》する。

『このアタシに名案があるんですよぅっ！』

「ん、アタシ？　ってことは……この声はエミーユさんか！」

「エミィだとぉ⁉　どこだ！　どこにいるエミィッ！」

「いまの会話をエミーユ殿に……。これはいけませんね」

俺たちは椅子を鳴らして立ち上がり、周囲を見回す。が、エミーユさんらしき姿はない。

受付を見る。受付には泣きそうな顔をした新人受付嬢《うけつけじょう》が一人いるのみ。

なら他のテーブルはどうだ？

いいや、いない。他のテーブルにも彼女の姿はない。

なら――――いったいどこに？

『くふふふふ……。アタシはいまお兄さんたちの心に直接語りかけているんですよぅ』

「俺たちの心に？」

「…………まさか、念話？」

首を傾げる俺の対面で、ネスカさんが息を呑《の》む。

口元を手で覆《おお》い、ショックを受けた顔をしているぞ。

「ネスカさん、なんですかその念話って？」

「…………念話とは、離《はな》れた相手と思念で会話することができる魔法のこと。習得するには最低でも導師級の魔力《まりょく》が求められる。…………エミィが習得していたなんて」

「なんですって⁉　エミーユさんいつの間にそんな魔法をっ！」

『アタシとお兄さんの愛を以《もっ》てすれば、心で会話するなんてよゆーなんですよぅ！　よゆー‼　これも愛のなせるわざなんですよぅ！』

エミーユさんは鼻息を荒くし、尚《なお》も続ける。

『そう！　アタシとお兄さんは相・思・相・愛‼　アタシは身も心もお兄さんのもので、お兄さんのおカネはすべてアタシのもの‼』

隣にいるキルファさんが俺の腕《うで》をつついてきた。つんつんと。

そちらに顔を向ける。

目が合うと、キルファさんは視線でロルフさんの背後にある窓を示す。

『お兄さんはアタシという良き妻を貰《もら》い幸せ！　アタシは自由にできる大金を貰い幸せ

!!』


俺たちの視線の先には、窓からウサギの耳がちょこんと。

声が聞こえるたびに、ぷるぷると震《ふる》えていた。

『固く結ばれたアタシとお兄さんはこんなちっぽけな町を捨て、王都に真っ白な一軒家《いっけんや》を……うううん。豪邸《ごうてい》――そう！　大豪邸を買うんですよぅ！　貴族ですら裸足《はだし》で逃げ出して悔《くや》しがるような超《ちょう》・大豪邸を!!』

「「「「……」」」」

俺も『蒼い閃光』のみんなも無表情になり、窓から覗《のぞ》くウサ耳を見つめ続ける。

『使用人はどーんと一〇〇人！　構成は美少年と美少年と美少年とたまにイケオジ!!　それでアタシのことをみんな「奥様《おくさま》」、ってはにかみながら呼んでくれるんですよぅ!!』

やがて、ライヤーさんが無言で片足を上げ、

『少年たちは美の女神《めがみ》アーシアもかくやというアタシの魅力《みりょく》にメロメロになり!!』

そのまま壁《かべ》を蹴《け》りつけた。

銀等級の冒険者による、全力の壁ドンだ。

『ついに主人と使用人の垣根《かきね》を越《こ》えたきんだ――――ふひゃぁぁぁっっっ!?』

壁ドンに驚いたエミーユさんが、ぴょんと飛び上がる。

飛び上がった瞬間《しゅんかん》、俺たちと窓越《まどご》しにバッチリ目が合った彼女。

ヤバイとばかりに顔を強《こわ》ばらせ――

「……エミィ、こっちに来る」

「は、はいっ！　すぐそっちに行きますですよぅ！」

ネスカさんの呼び出しに、秒で応じるのでした。

◇◆◇◆◇

秒でやってきたエミーユさん。

彼女の弁明によると、外で野草を引っこ抜《ぬ》いて食べていたら、壁越《かべご》しに俺たちの会話が聞こえてきたそうだ。

兎獣人《うさぎじゅうじん》だけあって、聴覚《ちょうかく》に優《すぐ》れているというわけですか。

ちなみに外で野草を食べていた理由は、非常にシンプルなものだった。

派手に散財した結果、当たり前のように食費に事欠く生活へと突入《とつにゅう》。

次の給料日まで野草を食べたり、新人受付嬢のお弁当を盗《ぬす》んだり、女性慣れしてない初《う》心《ぶ》な少年冒険者にご飯をたかったりして、凌《しの》ぐつもりだったらしい。

ドゴォ!!

そんなこと聞かされてしまうと、嫌々《いやいや》でも援助《えんじょ》しないわけにはいかないじゃんね。

というわけで、

「さっすがお兄さん♥　アタシにもご飯を奢《おご》ってくれるなんて太っ腹なんですよぅ。どこかのおカネも貸してくれないケチなギルマスとは大違《おおちが》いなんですよぅっ♥」

仕方なく……本当に仕方なく、俺はエミーユさんをテーブルに招き入れることに。

「そんなこと言ってると、またネイさんが聞いてるかもしれませんよ？」

「ふふん♪　そこは……んぐんぐ……大丈夫《だいじょうぶ》なんですよぅ。ギルマスはいま……もきゅもきゅ……遺跡に行ってて……しばらく……ごっくん……っぷぁ。留守なんですよぅ。いまのアタシは怖《こわ》いものなしなんですよぅ」

大皿に盛られた料理を、恐ろしい早さで平らげていく。

「へええ。ネイさんも遺跡に行ってるんですか。ギルドマスターが直々に現場へ出るなんて久しぶりですね」

「そうなんですよぅ。遺跡から金目のモノを回収しに、こないだ出発したんですよぅ」

『妖精の祝福』のギルドマスター、ネイ・ミラジュさん。

彼女は荷馬車数台分のアイテムを入れることができる魔道具、『収納袋《しゅうのうぶくろ》』を所有している。

キルファさんの話によると、ネイさんはいま古代遺跡で見つかった財宝を回収し運搬《うんぱん》するため、森に入り遺跡に向かっている最中なんだとか。

「遺跡以外にも、森を調査するって言ってたんですよぅ。半月は戻らないって言ってたんですよぅ」

なるほど。

エミーユさんは飼い主《ネイさん》が不在だからフリーダムになっているわけか。

「そういや、あんちゃんの親分もギルマスと一緒《いっしょ》に森に入ってったぞ」

「ああ、親分が『冒険者に森を案内してやるんだ』って言ってたのは、それのことだったんですね。しばらく留守にするって言ってましたよ」

俺には親分がいる。

激レア種族と言われている妖精族の、パティ・ファルルゥ親分だ。

ジギィナの森で生まれ育ったパティ。当然のことながら、パティは冒険者の誰よりも森に精通している。

ジギィナの森を進むにあたって、彼女以上の案内人《ナビゲーター》はいないだろう。

「親分が一緒なら危険な森も安全に進めますからね。ライヤーさんたちとはぐれた俺が無事なのも、親分のおかげですし」

「でもよ、子分としては親分をギルマスに取られて寂《さび》しいんじゃないか？」

ライヤーさんが茶化《ちゃか》す感じに訊《き》いてくる。

「俺よりアイナちゃんの方が寂しがってますね。親分のこと大好きですから。口には出さないですけど、早く帰ってきてほしいと思ってるはず――」

「冗談《じょうだん》じゃないですよぅ！　ギルマスが帰ってきたらアタシの自由がなくなるんですよう！」

日本酒を飲みほしたエミーユさんが、空になったジョッキをテーブルにダンッと置く。

「そう！　アタシいま自由なんですよぅ！　めんどくさい仕事はぜーーーんぶ生意気な新人に押《お》しつけてっ。仮初《かりそ》めの自由を謳歌《おうか》するんですよーーーーーぅっっ!!」

テーブルの上に立ち、両手を広げ満面の笑《え》みを浮《う》かべているぞ。

エミーユさんの心からの言葉を聞いた俺たちといえば、

「清々《すがすが》しいほどゲスいですね」

「ただのクズなんだにゃ」

「…………最低」

「エミーユ殿はいずれ日々の行いを悔《く》い改《あらた》める日が来るでしょう」

最初に俺が、続いてキルファさんとネスカさんが、最後にロルフさんが素直《すなお》な感想を述べる。

一連の流れを見守っていたライヤーさんは、ずっと腹を抱《かか》えて笑っていた。

◇◆◇◆◇

「ではエミーユさん、さっき壁越しに言ってた『名案』とやらを教えてもらえますか?」

テーブルの料理を堪能《たんのう》し、ご満悦《まんえつ》なエミーユさん。

お腹《なか》を満たしてもらったところで、俺はそう切り出した。

「はぇ? なんの話でしたっけ」

なのに、エミーユさんはきょとん。

危うく椅子からずり落ちそうになっちゃったよ。

「さっき話していた、」

俺はあたりを見回してから、声を潜《ひそ》めて。

「ドラゴンのことですよ。卵から孵ったばかりの」

「あぁっ!? そうそう、そうでしたよぅ! ベビードラゴンのことでしたよぅ。くふふ、アタシに任せてくれれば万事《ばんじ》解決してあげるんですよぅ」

「自信満々ですね。なら聞かせてください」

「いいですよぅ」

エミーユさんがキリッと表情を引き締《し》める。

「その前に質問しますけど、お兄さん、ライヤーたちから『ベビードラゴンを森に返すべき』って言われたとき、躊躇《ためら》ってましたよね？」

「ええ。その……生まれたばかりだから、森に返してもすぐ他のモンスターに殺されちゃうんじゃないかって、心配で」

「わかるんですよぅ。お兄さんと相思相愛のアタシにはその気持ちが痛いほどわかるんですよぅ」

目を閉じ、うんうんと頷《うなず》くエミーユさん。

「そこでですね、お兄さんの未来の妻であるアタシが、完璧《かんぺき》な解決策を提案しちゃうんですよぅ！」

エミーユさんの目がくわっと開かれる。

誰もが一目でわかるほどに、その瞳《ひとみ》は金貨色に輝いていた。

「ズバリ、ベビードラゴンを売っちゃえばいいんですよぅ」

「売る？」

「そうですよぅ。ベビードラゴンが手に入るなら、金貨を山ほど積む国があるんですよぅ」

この言葉に反応したのは、ロルフさんだった。

「なるほど。エミーユ殿が仰《おっしゃ》っているのはクロープ国のことですか」

「そうなんですよぅ！」

「ふむ。確かに彼の国ならば、生まれたばかりのドラゴンを買い取り、手厚く育てることでしょうな」

「おいロルフ、一人で納得《なっとく》してないで、おれやあんちゃんにもわかるように説明してくれ。なあ、あんちゃん。あんちゃんもそう思うだろ？」

「はい。ロルフさん、すみませんがそのクロープとかいう国について教えてもらえませんか？」

「承知しました」

ロルフさんは頷き、クロープ国について説明をはじめた。

「クロープ国とは、大陸の南に位置する小国の名です。国土の小さな国ではあるのですが、ドラゴンを駆《か》る竜騎士《りゅうきし》のみで構成された天竜騎士《てんりゅうきし》団《だん》を有しております。そのため、列強諸国ですら彼の国にはおいそれと手出しできません」

「ふにゃ〜。小《ち》っちゃい国なのに強いなんて凄《すご》いんだにゃ」

「重要なのはここからです。竜騎士が駆る騎竜がいるということは、ドラゴンを育てる竜使いもいるということ。竜使いとはドラゴンを育て、飼育する事に長《た》けた者たちのことです。竜使いになら、シロウ殿も安心して幼竜を託《たく》すことが出来ましょう」

説明を終えたロルフさんを、エミーユさんがぐいと押しのける。

「クロープ国はベビードラゴンを生きたまま連れて行けば、爵位《しゃくい》と領地をくれるって噂《うわさ》があるんですよぅ！　お兄さん！　貴族ですよ貴族！　領地もセットで！　わかります？　万事《ばんじ》上手《うま》く事が運べばアタシは貴族夫人!!　領民から絞《しぼ》り取った税で優雅《ゆうが》に暮ら――っんぷ」

「もうっ。いいかげんにするだにゃ」

さすがに耳汚しが酷《ひど》かったようだ。キルファさんが、エミーユさんの口を両手で塞《ふさ》いでしまった。

口だけではなく鼻まで手で覆っているということは、そろそろ殺めるつもりなのかもしれない。

「んーーーっ!!　んーーーんーーーっっ！　んんーーーっっっ!!」

「ボクがこれを黙《だま》らせとくから、みんなは続けるといいにゃ」

「ありがとうございます。では話を戻してっと、」

俺は極力エミーユ《これ》さんを視界に入れないように努め、

「俺個人としては、ロルフさんの案に乗っかりたいと思います」

と言うのだった。

第一〇話　方針の決定

子ドラゴンをクロープ国まで運び、竜使いに託す。

今後の方針が決まったところで、

「あんちゃんよ、ひとまずそのベビードラゴンを見せちゃくれないか？」

ライヤーさんの一言により、子ドラゴンを見に行くことに。

俺を先頭に、腕を組んだライヤーさんとネスカさんが続き、その後ろにキルファさんとロルフさん。

あとなぜか、

「あの、エミーユさん」

「ん、なんですお兄さん？」

「なんでエミーユさんも一緒にいるんですか？」

エミーユさんが俺の隣を歩いていた。

当たり前のように。鼻歌交じりに。

「なんでって……。いやですよぅお兄さん。これからベビードラゴンを見に行くんですよねぇ？」

「え、ええ。でもエミーユさんまで来る必要は――」

「はぁぁぁぁぁっ？　お兄さんはぁぁぁぁぁぁぁぁっ⁉　ベビードラゴンを売っておカネにしちゃえって、最高のアドバイスしたアタシにそんなこと言うんですかぁっ？？？」

「いや、だってエミ――」

「ひどいんだ！　お兄さんったらひどいんだ‼　せっかくアタシが困っているお兄さんを助けるために知恵《ちえ》を絞ってあげたのにぃ！」

「いや、そうじゃなくてですね。俺はた――」

「ふーんだ。ふーーーんだっ。そーゆーこと言うならアタシにも考えがあるんですよぅ。こーなったらアタシの権力でベビードラゴンの輸送依頼はすべてお断りするんですよぅ！　絶対に受けつけないんですよぅ！　ふんだふんだっ」

そう言い、プイっとそっぽを向くエミーユさん。

「話を聞いてください。俺が言い――」

「聞きませーん。お兄さんの話なんてずぇえったいに聞きませーーーーんっ‼」

エミーユさんは手で耳を塞ぎ、「わーわー」と声を出している。

このウサギ……徹底《てってい》して俺の話を聞かないつもりだな。

「にゃっ！」

我慢《がまん》の限界だったらしい。

キルファさんがエミーユさんをポカリと叩《たた》く。

「痛っ。痛いですよぅキルファ。急になにするんですかぁ？　いきなりぶたないでくださいよぅ」

「シロウの話を聞かないエミィが悪いにゃ」

「…………同意」

キルファさんがふんすと鼻を鳴らし、ネスカさんが頷く。

続いて、ロルフさんが口を開いた。

「エミーユ殿、シロウ殿はエミーユ殿が勤務中にもかかわらず、我々に同行していることを問題視しているのではないでしょうか？」

「そう、そうなんですよロルフさん。俺は仕事ほっぽり出してついてきてるエミーユさんを心配してるんです。バレたらあとでネイさんに怒《おこ》られますよ？」

「なーんだ。それなら問題ないですよぅ。『お兄さんに呼ばれたから行ってくる』って、トレルには伝えてあるんですよぅ」

「俺に呼ばれた？　おっかしいなー。別に呼んでないんだけどなー」

トレルとは新人受付嬢の名だ。

二ヵ月ほど前に、ギルド職員となった彼女。

明るい笑顔《えがお》と物腰《ものごし》の柔《やわ》らかさから、男性のみならず女性冒険者《ぼうけんしゃ》たちからの評判も上々。

けれども、それを快く思わないエミーユさんから、なにかと目の敵にされているそうだ。

「ふふん♪　重要なのは真実よりも、お兄さんの名前なんですよぅ。ギルドの大切な取引相手であるお兄さんの名前を出せば、新人のトレルごときじゃイヤとはいえないんですよぅ。そもそもアタシはトレルの先輩《せんぱい》じゃないですかぁ？　偉大《いだい》な先輩であるアタシの言葉に、新人は『ハイ』と『承知しました』と『ありがとうございます』しか返しちゃいけないんですよぅ。そんなの当たり前のことなんですよぅ」

「「「「……」」」」

なにそれ？　どう考えても俺の立場が悪くなるやつじゃんね。

そう感じたのは、俺だけではなかったようだ。

「な、なんでみんな怖い顔してるんですよぅ？　どうしちゃったんですよぅ？？？？」

「……」

「ロルフ!?　メイス!?　メイスはダメなんですよぅ！　そんなので殴《なぐ》られたら痛いんです

ようう!! アタシみたいな可愛くてか弱い女の子はメイスで殴られると死んじゃうんですようう!! イチコロなんですようう!!」

「……にゃ」

「ちょちょちょっ⁉ キルファまでっ!! なんでダガーを握《にぎ》ってるんですようっ! 刃物も――刃物もダメなんですよおぉぉぉぉぉぉぉうっっっ!!!」

『蒼い閃光』を――特にロルフさんとキルファさんを宥《なだ》めるのは大変だった。

ベビードラゴンを見たらすぐ仕事に戻《もど》る。絶対に戻る。

その言葉を信じ、今回だけエミーユさんも同行することになったのでした。

◇◆◇◆◇

店に到着《とうちゃく》。

臨時休業の札がかかった扉《とびら》から中へ。

みんなと一緒に店に入り、

「あんちゃん、ベビードラゴンはどこにいんだ?」

「二階です。どうぞ上がってください」

そのまま二階へ。

「戻ったよー」

ノックしてから休憩室《きゅうけいしつ》の扉を開けると――

「うーっ」

「どわぁっ⁉」

突然、全裸《ぜんら》の子供が抱《だ》きついてきた。

「あーっ。うーっ」

歳《とし》は三歳から四歳の間ぐらい。

性別は女の子。髪《かみ》は雪のように白くてサラサラ。

俺の首に腕を回し、満面の笑みで頬《ほお》ずりしているぞ。

「………可愛い娘《むすめ》。わたしも抱っこしたい」

「この懐《なつ》き様、シロウ殿のご息女でしょうか？」

「おーおー、あんちゃんに懐いてんなぁ。こりゃ今度こそあんちゃんの娘で間違《まち》がいないだろ。かぁーっ。父親冥利《みょうり》に尽《つ》きるってやつだな」

「がーーーん！　シロウに子供がいたにゃんてーーー‼」

「がががーーーーーん‼!　お兄さんに子供がいたなんてぇぇぇぇぇ‼!」

突如《とつじょ》現れた謎《なぞ》の幼児。

半分は慈愛《じあい》に満ちた眼差《まなざ》しを幼児に向け、もう半分はなぜかショックを受けている。

どちらにも共通しているのが、この幼児を俺の娘と勘違いしていることだ。

「ぜんぜん違います。ぜんぜん知らない子です。というか、なんでここに子供が――しかも全裸でいるの⁉　えと、沙織《さおり》！　どゆことか説明して！　この子だれ⁉　どこの子⁉」

部屋にいる沙織に訊いてみる。

しかし、沙織は目を見開き、ぽかんとしたまま硬直《こうちょく》している。

「……沙織？」

「……」

もう一度声をかけてみるも反応はなし。

ならば、

「詩織《しおり》ちゃん、この子はどこから来たの？」

「……」

けれども、詩織も反応はなし。

沙織同様、思考停止のフリーズ状態。

二人とも、押入《おしい》れの秘密に気づいたときと同じ顔をしていた。

となれば——アイナちゃんならどうだ。

「アイナちゃん、この子はアイナちゃんのお友だちかな？」

ニノリッチの住民である、アイナちゃんのお友だちである可能性が一番高い。

そう考えて訊いてみたのだけれども、

「……ううん」

アイナちゃんは首を横に振《ふ》る。

「えぇ……。じゃあどこから紛《まぎ》れ込んで——」

ふと、そこで俺は違和感《いわかん》に気づいた。

店を出るときまではいた存在が、どこにもいないことに。

「……アイナちゃん、子ドラゴンはいまどこにいるの？」

いないのだ。子ドラゴンが。

この部屋のどこにも。

「んと……そこ」

アイナちゃんが指さした先。

そこには俺に抱きつく子供がいるのみ。

……。いやいやいや。まさかまさか。

「沙織、おい沙織ってば！」

「……に、兄ちゃん」

「沙織、今朝卵から孵ったドラゴンはいまどこにいるの？」

ちょっと強めに訊いてみる。

「……」

沙織が腕を上げ、人差し指で一点を示す。

示されたのはアイナちゃんと同じ場所。

つまり俺《おれ》に抱きついている女の子だ。

ドッキリだよね？　妹たちとアイナちゃんが結託《けったく》して、俺にドッキリを仕掛《しか》けてるんだよね？

「し、詩織ちゃん！　詩織ちゃんなら子ドラゴンがどこにいるかわかるよね？　名付け親だし！　どこにいるかお兄ちゃんに教えてくれないかな？」

藁《わら》にもすがる気持ちとはこのことか。

しかし、詩織から告げられた答えは無情なものだった。

「……にぃに、いまにぃににぶら下がってる子がね、ドラゴンちゃんなんだよ」

三人に問い、三人とも同じ答えを返す。

そんななか俺はというと、

「……マジかよ」

首から女の子をぶら下げたまま、衝撃《しょうげき》の事実にフリーズするのでした。

第一一話　すあま

ドラゴンが、人に変化しました。

アイナちゃんに詩織《しおり》と沙織《さおり》。三人が三人とも同じことを言っている。

これを言ったのが妹たちだけだったのなら、きっと盛大に笑い飛ばしていたところだろう。

けれども、アイナちゃんもそうだと言っている。

ドラゴンが目の前の幼子になったと、そう言っているのだ。

「ドラゴンが……人に？　そゆことってあるんでしょうか？」

いつまでも裸《はだか》のままにはしておけない。

俺は「うーうー」と甘《あま》えてくる幼子にワイシャツを着せつつ、『蒼《あお》い閃光《せんこう》』の四人に訊いてみる。

答えたのはネスカさん。

ネスカさんは一〇秒ほど間を空けてから、「…………ある」と答えた。

マジですか。あるんですか。

すごいね、ファンタジー。

「………ドラゴンが人に変化したという伝承は数多く存在する。魔術師学院《まじゅつしがくいん》の文献《ぶんけん》にも、そのようなことを記しているものは多い」

「ふにゃあ。ねーねーネスカ、そのブンケンにはなんて書かれてあるんだにゃ？」

「………こう記されていた」

そう前置きをしてから、ネスカさんは咳《せき》ばらいを一つ。

「………年を経たドラゴンは、言語のみならず魔法《まほう》をも操《あやつ》るようになる。そしてドラゴンが使う魔法のなかには、姿を変える変化《へんげ》の魔法が存在する、と」

「ふむ。そういえば西の大国には、王女に恋《こい》をしたドラゴンが人に化け、求婚《きゅうこん》したという伝承が残っていましたな」

とはロルフさん。ネスカさんの知識に補足した形だ。

というかその変化の魔法、ばーちゃんも使ってたな。

「………そう。ロルフの話した西の大国だけではなく、似たような伝承は数多く存在する」

一度区切り、続ける。

「…………けれども、人に変化する魔法を使えるのは年を経た高位のドラゴンのみ」

ネスカさんは、未《いま》だぶら下がり続けている幼子に――子ドラゴンに視線を向ける。

「…………幼竜《ようりゅう》の――それも生まれたばかりのドラゴンが変化の魔法を使えるなど聞いたことがない」

「つまり、この子は普《ふ》通《つう》じゃないと言うことですか？」

俺の言葉にネスカさんはこくりと頷く。

「…………仮に、仮にそんなことが出来るドラゴンがいるとすれば、それは最高位のドラゴンのみ。となれば、この子は伝説級のドラゴン種である可能性が高い」

「「「っ⁉」」」

ネスカさんの言葉にこの場にいるほぼ全員が息を呑む。

呑まなかったのは状況《じょうきょう》を理解できてない、詩織と沙織の二人だけ。

「…………おそらく、人に変化したのは擬《ぎ》態《たい》。近くにいた種族に擬態した結果がこの姿なのだと推測する」

「……」

一連の会話から判断するに、ドラゴンが人の姿になることは稀《まれ》だがあるにはある。

けれども生まれたばかりで変化ができるドラゴンは、めちゃんこ激レアなドラゴンのみ、というわけか。

まったく、超レアな妖精族《ようせいぞく》のパティと出逢《であ》った数ヵ月後に、こんどは激レアなドラゴンを拾うことになるとはね。

俺の異世界人生、変な確変起きすぎでしょ。

◇◆◇◆◇

ライヤーさんが口を開いたのは、みんなが落ち着きを取り戻してからだった。

「で、あんちゃんよう、ホントにその娘っ子ドラゴンを売っちまうのか？」

これに反応したのは沙織だった。

「む。兄ちゃん、『売る』ってどゆことよ？　『売る』って⁉」

「にぃに、まさかこ〜んな可愛《かわい》いすあまちゃんを『売る』なんて言わないよね〜？」

二人が怒った顔で訊いてくる。

「待って詩織ちゃん。いまなんて？」

「売るなんて言わないよね〜、って言ったんだよ〜」

「いや、その前。もうちょっと前のとこ」

「可愛いすあまちゃんのとこ～？」

「そこ！　すあま？　マジですあまにしちゃったの？」

「卵のときに、名前は『すあま』にするって言ったでしょ～」

「ああ、その命名権まだ生きてたのね」

「今日からこの子はすあまちゃんだよ～」

詩織はそう言うと、子ドラゴン改め、すあまに視線を向けた。

子ドラゴンから人の姿になったすあまは、相変わらず俺にぶら下がっている。

「それで兄ちゃん！　すあまを『売る』ってどゆことよ⁉」

再度沙織が訊いてくる。

俺はすあまを抱き上げ、優《やさ》しく床《ゆか》に降ろした。

「うあー」

すあまは満面の笑みで俺を見上げている。

信頼《しんらい》しきった顔で。甘えるように。

「ん、大丈夫だよすあま」

俺は笑みを返してから、そっと頭を撫《な》でた。

結論から言えば、この時点で俺はすあまを手放す――少なくとも、クリープ国の竜使いに託すという考えはなくなっていた。

ばーちゃんが戻り次第《しだい》、別の手段はないかと相談するつもりでいたのだ。

それなのに――

「もちろん売っぱらうんですよぅ！　人に化けられる最高位ドラゴンの幼竜なんて、国が買えちゃうぐらいの金額で売れるんですよぅっ！」

エミーユさんの瞳はどろっどろに淀《よど》み、爛々《らんらん》と輝《かがや》いていたのだ。

「にぃに、このウサ耳さんだ〜れ〜？」

「いや、俺も知らない人」

詩織の質問に、俺は手をぱたぱたと振る。

「お兄さん照れないでくださいよぅ。そこの小娘《こむすめ》、アタシはお兄さんの婚約者《こんやくしゃ》なんですよぅ。ベビードラゴンを売っぱらったおカネで王都にお城を買い、お兄さんとラブラブな新《しん》婚《こん》生活を送るんですよぅ♥」

「婚約者って……兄ちゃんマジなのっ⁉」

「にぃに婚約者がいるの〜？　アリスさんがいるのに〜⁉」

「いや、マジで知らない人だから」

妹たちが訝《いぶか》しげな視線を向けてくるが、俺は再び手をぱたぱた。

「ひどいですよぅひどいですよぅ！　アタシのこと弄《もてあそ》ぶだけ弄んでおいて、いまさらそんなこと言うんですかぁ⁉」

「俺がエミーユさんを弄んだことなんてありましたっけ？」

「男の人はみーんなそう言うんですぅ！」

「やっぱり兄ちゃんの知り合いじゃん」

「ううん、知らない人」

三度手をぱたぱたと。

「も～、どっちなのにぃに。このウサ耳のお姉さん、『すあまを売っぱらう』とか、物騒《ぶっそう》なこと言ってるよ～。本当に婚約《こんやく》してるなら怒ってあげて～」

「あんたが兄ちゃんとどんな関係かしらないけど、この子は渡《わた》さないからね！」

詩織がすあまをさっと背に隠《かく》す。

沙織はステップを踏《ふ》みつつ、ファイティングポーズ。

迎《むか》え撃《う》つ準備はバッチリな様子。

「小娘!!　ベビードラゴンを渡すんですよぅ！　その子を売っぱらってアタシは大金持ちになるんですよぅ！　アタシの輝かしい未来はその子の買い取り金額にかかってるんです

よぅ！」

「あ～。このお姉さん悪い人だ～。さおりん、絶対に悪い人だよ～」

「うん！　悪いウサ耳だね！」

「悪い人なんて失礼な小娘たちなんですよぅ！　お兄さん、この小娘たちは誰《だれ》なんですようぅ!?　さっさと追い出すんですよぅ！」

詩織と沙織を指さしたまま、エミーユさんがこちらを向く。

俺はポツリと。

「その二人は俺の妹ですよ」

「……妹？」

「はい。妹です」

「そうだよ！　あたしは兄ちゃんの妹の沙織。で、こっちは」

「さおりんの双子《ふたご》の姉で、にぃにの妹の詩織だよ～」

二人がエミーユさんに自己紹介《じこしょうかい》。

妹と聞き、エミーユさんがたじたじになる。

「……お、お兄さん、小娘たちが言ってることは本当ですかぁ？」

「本当ですよ。二人とも俺の大切な家族です」

「すあまを売ろうとするような悪い人に、兄ちゃんはやらないんだから！」

「うんうん。にぃにのお嫁《よめ》さんになりたかったら、詩織とさおりんの許可が必要なんだからね～」

二人はぷんすこと腹を立てている。

「お兄さんの妹……」

呆《ほう》けた顔のエミーユさん。

まず俺を見て、次に妹たちを見る。

「もし味方につければ、お兄さんとの結婚《けっこん》はより確実に……ふひひ」

瞬間《しゅんかん》――

「ベビードラゴンを売るなんてありえないんですよーーーーーぅっ!!」

エミーユさんは華麗《かれい》に掌《てのひら》を反《かえ》して見せた。

俺に指を突《つ》きつけ、唾《つば》をガンガンに飛ばしながら続ける。

「お兄さん！　目を――目を覚ますんですよぅ！　ベビードラゴンをっ！　こんなにも幼い子を売るなんてダメなんですよぅ!!　可哀《かわい》そうなんですよぅ!!　考え直すんですよぅ！　アタシと結婚して、この子をアタシとお兄さんの娘として育てるんですよぅ!!!　いますぐに結婚して!!!」

「「「……」」」

いっそ気持ちが良いほどのコウモリっぷりに、この場にいる誰もが呆《あき》れてしまうのでした。

◇◆◇◆◇

しばらくして、すあまは寝《ね》てしまった。

ソファにこてんと横になったかと思えば、そのまますやりと寝入《ねい》ってしまったのだ。

「やれやれ、こんどは人に変化するベビードラゴンかよ。騒動《そうどう》とは無縁《むえん》なのが辺境の町の魅力《みりょく》だってのに、ここんとこ問題続きだな」

寝息《ねいき》を立てるすあまを見ながら、ライヤーさんがボヤくように言う。

「ん、ということは他《ほか》にもなにかあったんですか？」

問題続き、の部分が気になった俺はそう訊《き》いてみる。

「ま、いろいろいろとな」

含《ふく》みのある言い方をするライヤーさん。

次いで、横目でアイナちゃんたちをチラリ。

俺はすぐにピーンときた。

だから、

「アイナちゃん、悪いけどすあまに服を買ってきてもらえないかな？」

「ん、いいよ」

「ありがとう。できれば何日か分欲《ほ》しいんだけど……アイナちゃん一人じゃ手が足りないか」

さり気なく、さも自然に。

「沙織、アイナちゃん一人だと何着も持てないだろうから、沙織も一緒《いっしょ》に行ってもらえないか？」

「しょうがないな。兄ちゃんがお小遣《こづか》いくれるなら一緒に行ってあげるよ」

「詩織ちゃん、沙織は都合が悪いみたいだから代わりに行ってくれないかな？」

「いいよ～。詩織もアイナちゃんと一緒にすあまちゃんの服を選んであげる～」

「うそうそ！　あたしも行くかんね！」

慌《あわ》てて同行を申し出る沙織。

くっくっく。二人が異世界のファッション事情に興味を持つことは計算済みよ。

なにより『可愛いは正義』の詩織はアイナちゃんと一緒にいたがるだろうし、沙織は沙織で仲間外れを嫌《きら》う。

アイナちゃんに服の買い出しを頼《たの》んだ時点で、詩織と沙織も同行することは決定済みだったのだよ。

ほくそ笑《え》みつつ、

「ありがとう。はいおカネ。多めに渡しておくから、余った分はみんなで好きに使っていいよ」

ごく自然に三人を送り出す。

「いってきます」

「はい、いってらっしゃい。気をつけてね」

「兄ちゃん期待しててていいからね！」

「詩織のセンスの見せ所だよ～」

「はいはい。期待してるよ」

三人を見送ったあと、ライヤーさんに向き直り、

「さてっと、それでライヤーさん、どう問題続きなんですか？」

と話を戻すのだった。

第一二話　ギルドを騒《さわ》がすモノ

ライヤーさんがニヤリと笑う。

「実はな、最近森で――」

「ちょっ、ライヤー!!　その件は秘密なんですよぅ！」

ライヤーさんが話そうとした瞬間、エミーユさんが焦《あせ》りだした。

「別にいいだろ。あんちゃんは冒険者じゃねぇが、ギルドの身内みたいなモンだろうがよ」

「んむむむ……。わかりました。お兄さんはアタシのお婿《むこ》さんになる人ですからね。特別に許可してあげましょう」

「エミィの許可が出たところで……いいかあんちゃん、これから話すことは――」

「待ってライヤーさん！　これ聞くの止めたら、エミーユさんのお婿さんにならなくていいんですかね？」

「むっ。ライヤーが言わなくてもアタシがお兄さんにじっくりねっとり聞かせてあげるんですよぅ。結果同じなんですよぅ」

「生存ルートがない。横暴だ」

「……………シロウ安心して。そのときはわたしたちが守ってあげる」

「ネスカの言う通りにゃ。だから安心していーんだよ」

「恩人たるシロウ殿《どの》には指一本とて触《ふ》れさせませんとも」

「ありがとうございます！」

仲間から心強い言葉がかけられる。

友情に感動する俺。

舌打ちするエミーユさん。

無事、生存ルートに突入《とつにゅう》したところで、

「あんちゃん、続けるぞ」

「はい」

居住まいを正し、ライヤーさんの言葉に耳を傾《かたむ》ける。

「こないだからよ、森をよくない連中がうろついてるらしい」

「よくない連中ときましたか。何者ですか？」

「……誰にも言うなよ？　いまから言うことは他言無用だ」

「それはもちろん」

ライヤーさんは声のトーンを落とし、こう続けるのだった。

「うろついてんのはな……魔族《まぞく》だ」

大陸の北端《ほくたん》に隣接《りんせつ》する孤島《ことう》。そこに魔族と呼ばれる種族がいる。

他の種族に比べ魔力《まりょく》が強く、肉体も強靭《きょうじん》。その上とても好戦的で。

五〇〇〇年以上も昔から幾度《いくど》となく大陸の国々と戦争をしては、その度に双方《そうほう》多くの戦死者を出した。

そう講義してくれたのはロルフさん。

「うへぇ。五〇〇〇年も前から戦争してるんですか」

「魔族はエルフほどではないにしても、長命な種族も多いと聞きます。我々只人族《ヒューム》とは時に対する認識《にんしき》が違《ちが》うのでしょう」

「あれ？　ロルフさん、『長命な種族も多い』ってことは、単一の種族ではないということですか？」

「その通りです。一括《ひとくく》りにしてはいますが、北の孤島に住む複数の種族を総じて『魔族』と呼称《こしょう》しているのです」

確認《かくにん》されているだけでも一六種族存在している、ロルフさんはそう補足した。

「なるほど。というか、そもそもの戦争のきっかけってなんだったんですかね？」

魔族と聞いてしまうと、俺の中の『中学二年生』の部分がむくりと起き上がらずにはいられない。

ワクワクしながらそう質問してみたところ、

「神殿《しんでん》の歴史書には、魔王《まおう》が世界を手にするため挙兵したからだと書かれています。ですが別の歴史書には、既《すで》に滅《ほろ》びた王国が魔族の島を支配しようとし、それに魔族が抗《あらが》ったから、とも書かれていました」

「それって……」

「はい。真相は誰にもわからない、そういうことですな」

ロルフさんはそう言い、「はっはっは」と笑っていた。

ちなみにここ一〇〇年ほどは休戦状態が続いているそうで、休戦理由を訊いてみたところ、

「………一〇〇年前、当時の北を治める只人族の王が魔族の王――魔王と停戦協定を結んだから」

とネスカさんが言えば、ライヤーさんが、

「いやいや魔族に内紛《ないふん》があったからだろ。四天王に魔王を裏切ったヤツがいたって話だぜ」

と訂正《ていせい》し、それを聞いたキルファさんが、

「シロウ、ホントは勇者が魔王をやっつけたからなんだにゃ」

と小声で再訂正する。

どうやら戦争の発端《ほったん》と同じく、休戦理由も諸説あるようだ。

「ふーむ。つまるところ、大昔から只人族と敵対している魔族が森にいるかもしれない、そういうことですね？」

状況を理解した俺の言葉に、全員が頷《うなず》く。

住民には魔族の目撃《もくげき》情報を伏《ふ》せ、密《ひそ》かに冒険者が捜索《そうさく》をしているそうだ。

ギルドマスターであるネイさんが遺跡《いせき》の財宝回収を理由に、森の調査メンバーに入ったのは、そういった側面もあるのだとか。

冒険者たちは一見いつも通りに見えるけれど、一部の上級冒険者たちは魔族に対し油断なく備えているらしい。

なるほど。一昨日キルファさんが町を見回っていたのは、魔族の目撃情報があったからですか。

平和なニノリッチでわざわざ見回りをするなんて、おかしいと思ったんだよね。

「魔族って強いんですよね？」

「うん。ちょー強くてちょーヤバイって話にゃ」

「わーお。やっぱヤバイんですね」

「あんちゃん、言葉とは裏腹に目が輝いてないか？」

「あ、やっぱわかります？」

「おう。わかりまくりだぜ」

「そっかー。わかっちゃったかー」

だってしょうがないじゃんね。

魔族に続いて『魔王』とか『四天王』とか『勇者』ってパワーワードが飛び交《か》っていたんだ。

俺がそんなパワーワードの数々を聞いてワクワクしないような男なら、そもそも異世界に来てないっての。

「にゃはっは。シロウはわかりやすいんだにゃ」

「それだけシロウ殿が正直者ということですな」

「…………ライヤーにも見習わせたい」

「なに言ってんだネスカ。おれは冗談《じょうだん》は言うけどウソはついたことないんだぜ？」

「「「……」」」

「ま、まぁなんだ？　あんちゃんにそうも目を輝かせられちゃしょうがねぇ。もし魔族をとっ捕《つか》まえることができたらよ、一番最初に尋問《じんもん》する役はあんちゃんにさせてやろうじゃないか」

ライヤーさんがごまかすように言う。

けれども俺はクールに。

「お、そうきましたか。ならそのときは、この町にいるライヤーという冒険者《ぼうけんしゃ》が魔族にとって如何《いか》に危険な存在かじっくりと伝えたあと解放しておきますね」

「うっ……。あ、あんちゃんもなかなかエグい返しするようになったな」

「ライヤーさんと友だちをやってれば、これぐらいは、ねぇ」

一本取られた、みたいな顔のライヤーさん。

そんなやり取りにみんながクスクスと笑う。

「と言うか、なんで魔族が森にいるんですかねー？」

「さぁな。魔族が只人族の、それも辺境の町に近づく理由なんざ知るわけ――」

そこで、ライヤーさんの言葉が止まった。

視線の先には、すやすやと眠《ねむ》っているすあまの姿が。

「……」

森に落ちていたドラゴンの卵。

突然《とつぜん》、森に現れた魔族。

それぞれ独立していた点と点が、線で繋《つな》がった瞬間だった。

「……ライヤーさん、俺、魔族が森に出た理由がわかったかもしれません」

「あんちゃんもか？　ちょうどおれも思い当たったところだ」

俺とライヤーさんは顔を見合わせ、同時に頷く。

魔族が森に現れた理由。

それは、もしかしなくてもすあまを——最高位ドラゴンの卵を探しているからではないだろうか？

◇◆◇◆◇

「それでは、すあまについてはネイさんが町に戻《もど》ってから相談する、ということでいいですね？」

俺の言葉に、みんながうんうんと頷く。

危険な魔族と、最高位ドラゴンの幼竜。

両者を引き合わせることに、『蒼い閃光』の全員が反対した。

とてつもない力を持つ（だろうと推測される）すあまが、万が一にも魔族の支配下に入れば、また種族間戦争がおきてしまうかもしれない、そう恐《おそ》れたからだ。

ネスカさん曰《いわ》く、最高位ドラゴンは単体で戦況《せんきょう》を覆《くつがえ》せるだけの力があるとのこと。

そりゃ魔族には絶対に渡すわけにはいかないよね。


というわけで、俺の心変わりだったり、妹たちが大反対したり、エミーユさんが掌を反したり、なにより魔族に渡すわけにはいかない、といった様々な理由から、俺は当面の間すあまと一緒に暮らすことになったのだった。

第一三話　経営はいつだって右肩上《みぎかた》がり

この日、俺の店に領都マゼラから友人が来ていた。

「おーすシロウ。久しぶりなんだぞー」

店に入るなり挨拶《あいさつ》してきたのは、商人仲間のジダンさんだ。

彼《かれ》は鳥人族《バードマン》と呼ばれる種族で、見た目は人型のフクロウ。

思わず撫でたくなる姿だが、彼は領都マゼラに拠点《きょてん》を置く商人ギルド、『久遠《くおん》の約束』で会頭を務めているほどの人なのだ。

「お久しぶりですねジダンさん。頼まれていた商品はすべてご用意できてますよ」

「無茶《むちゃ》な量を頼んだのに全部用意できたなんて、驚《おどろ》きなんだぞー。オイラ、半分も用意できれば十分なつもりだったんだぞー。さすがシロウなんだぞー」

「ジダンさんがニノリッチまで来るのに時間がありましたからね。さっそくですが、商品を確認しますか？」

「おう。頼むんだぞー」

「ではこちらへ」

俺《おれ》はジダンさんを裏庭へ案内する。

そこには、

「ホッホーーー!!　こ、これがぜんぶ石鹸《せっけん》なのかーっ!?」

商品を詰《つ》めた木箱が、山となって積まれていた。

「石鹸が四〇箱。洗髪料《せんぱつりょう》が各二〇箱。ざっと荷馬車五、六台分ですかね」

現在、領都マゼラでは俺の卸《おろ》した石鹸類――特に、シャンプー、トリートメント、コンディショナーの洗髪料三点セットが空前の大ヒット商品となっていた。

洗うだけで髪《かみ》がツヤツヤのサラサラになり、おまけに良い香《かお》りまでするものだから、人気が出ないわけがないよね。


――マゼラには、髪が美しくなる魔法の石鹸があるらしい。


そんな噂《うわさ》が国中に広まればどうなるか？

結果はこうだ。噂を聞きつけた国中の商人が大挙してマゼラを目指す。

そして「髪が美しくなる魔法の石鹸を売ってくれ」と、『久遠の約束』の扉《とびら》を叩《たた》くわけだ。

石鹸やシャンプー類の独占販売権《どくせんはんばいけん》を『久遠の約束《ジダンさん》』と結んでおいてよかった。

もし結んでいなかったら、欲深い商人たちがニノリッチに押《お》し寄せて来たことだろう。

「かなりの物量ですけど、途中《とちゅう》で野盗とかに襲《おそ》われないでくださいよ」

「そこは問題ないんだぞー」

人気商品を輸送するということは、同時に危険も伴《ともな》うということ。

事実、ジダンさんの父親は商品の輸送途中で野盗に襲われ、命を落としている。

そんな俺の不安を察したのだろう。

ジダンさんが自信満々な顔で胸を叩く。

「領主様が騎士団《きしだん》を護衛につけてくれたから、心配無用なんだぞー」

「バシュア伯爵《はくしゃく》が？　騎士団なんてガチの護衛じゃないですか」

「そうなんだぞー。領主様はシロウの石鹸とかシャンプーが無事に届くことを願っているんだぞー。まー、一番願っているのは伯爵夫人なんだけどなー。ホーーーッホッホー‼」

商人が集まれば、マゼラの経済がより活発に動くことになる。

領主であるバシュア伯爵は、そこから得られる街の利益が騎士団を動かすに値する、と考えたのだろう。

まー、シャンプーセットに並々ならぬ執着《しゅうちゃく》を見せていた伯爵夫人の存在も、理由の一つではあるだろうけれどね。

「なるほど。騎士団がいるなら道中の心配はいりませんね」

「そうなんだぞー」

「じゃー、安心できたところで、」

俺は山と積まれている木箱を指さし、続ける。

「商品の確認をしますか」

「うっ……。か、数が多いからオイラはやりたくないんだぞー。シロウを信じてるから確認しなくてもいいんだぞー」

「ギルドマスター《会頭》がそんなこと言ったらダメですよ。ちゃっちゃっと確認しちゃいましょう。さあ、早く。俺も手伝いますから」

俺はジダンさんの背を押し、木箱の前まで無理やり連れていくのでした。

◇◆◇◆◇

「……ふはぁ。やっと終わったんだぞー」

商品チェックが終わったのは、日が傾きはじめたころだった。

五〇センチ四方の木箱が、全部で一〇〇箱。

そりゃへとへとになるよね。

俺とジダンさんは、背中を預けあうようにして地面に座《すわ》り込む。

「はぁ……。ジダンさん、お疲《つか》れさまでした」

「シロウこそお疲れさまなんだぞー」

「次回からは部下に任せてもいいんじゃないですか？　いま『久遠の約束』はマゼラでもイケイケな商人ギルドって話じゃないですか。ギルドホーム引《ひ》っ越《こ》して大きくなったって聞きましたよ？」

「ホッホー。シロウのおかげで『久遠の約束』はでっかくなったんだぞー。人もたくさん雇《やと》えるようになったんだぞー」

「なら、それこそ雑務は部下に任せてギルドマスターは椅子《いす》にふんぞり返ってればいいんじゃないですか？　いちいち辺境まで来るのも大変でしょう」

「それはダメなんだぞー。オイラ、シロウとの商談も取引も、ぜんぶ自分でやるって決めてるんだぞー」

「っ……」

「だからシロウ、これからもヨロシクなんだぞー」

ジダンさんが振《ふ》り返り、握手《あくしゅ》を求めてきた。

俺は握手に応じ、笑う。

「こちらこそです……よっと。さあジダンさんも」

俺は立ち上がり、ジダンさんの手を引く。

ジダンさんもよっこいしょと立ち上がり、地面にくっついていたお尻《しり》のあたりを手で払《はら》う。

「あ、そうだー。オイラ、シロウに訊きたいことがあったんだー」

「ん、なんです？」

「ただの噂話《うわさばなし》だとは思うんだけどなー、ニノリッチには『生き腐《ぐさ》れ病』を治す薬があるって、そんなことを聞いたことがあるんだー。それってホントかー？」

「生き腐れ病……ああ、脚気《かっけ》のことか」

懐《なつ》かしいワードすぎて、思い出すのに時間がかかってしまった。

『生き腐れ病』。

アイナちゃんの母親、ステラさんが患《わずら》っていた病気で、日本だと脚気と呼ばれているものだ。

脚気はビタミン不足から発症《はっしょう》する病気なので、ビタミンサプリを呑《の》むだけで簡単に治すことができる。

「本当ですよ。以前、生き腐れ病にかかった人がこの町にいましたけど、俺の持ってる薬《サプリメント》で治りましたしね」

「あの噂はホントだったのかーーーーっ!?」

ジダンさんが驚愕《きょうがく》している。

いまのいままで疲れ切っていたはずなのに、天に向かって絶叫《ぜっきょう》しているぞ。

「シロウ！　その薬オイラに売ってくれないかっ!?　貴重なものだってのはわかってる！　でも……でもマゼラにもシロウの薬を必要としてる人たちが――」

「別にいいですよ」

「――いっぱいいるんだ！　だから頼む！　どうか……ん？　シ、シロウ、いまなんて言ったんだー？」

「いいですよ、って。そう言いました」

「ホントかーっ!?　ホントに売ってくれるのかーっ!?」

「ええ。最近は町全体が潤《うるお》ってますから、薬を必要としている人もいませんし。なんなら店に残ってるのでよければタダであげますよ」

「なんだってぇーーーーーっ⁉」

マゼラの貧民街には『生き腐れ病』を煩《わずら》っている人が何人もいるらしい。

ジダンさんは、貧民街に住む人たちに仕事を与《あた》えていた立場の人だ。

生き腐れ病にかかった人を見て、ずっと心を痛めていたんだとか。

瓶詰《びんづ》めされたサプリメントをダース単位でジダンさんに渡し、用法用量を伝える。

ジダンさんは真剣《しんけん》な顔で聞き、説明が終わると何度も「ありがとうなんだぞー」と言っていた。

◇◆◇◆◇

「これが今回の購入分《こうにゅうぶん》なんだぞー。こんどはシロウが数える番なんだぞー。生き腐れ病の薬をもらったから、ちょっとだけ色つけといたんだぞー」

テーブルにどんと置かれたのは、パンパンに膨《ふく》らんだ革袋《かわぶくろ》。

もちろん中身はおカネだ。

商品の確認を終え、店に戻った俺とジダンさん。

二階の応接室に行き、次はおカネの受け取りをすることに。

「うひー。ジダンさんを信じてるから数えなくてもいいですかね？」

「ダメなんだぞー。しっかり数えるんだぞー。それがいっぱしの商人ってヤツなんだぞー」

冗談めかす俺に、やり返してやったぜって顔をするジダンさん。

俺はひーひー言いながら金貨と銀貨を数えていく。

すると、

「シロウは稼《かせ》いだカネでなにをするつもりなんだー？」

不意に、ジダンさんがそう訊いてきた。

「稼ぐことが目的になっていて、特に考えてはいないんですが……」

一度言葉を区切り、すあまのことを思《おも》い浮《う》かべる。

俺は苦笑いをしつつ、こう答えた。

「当面は、食費ですかね」

「食費だってー？」

「ええ、食費です。いまうちには育ち盛りの子がいましてね……」

そんなことを話していると、

「うぃあー」

応接室の扉が開かれ、すあまが入ってきた。

どうやら我《わ》が家《や》のプリンセスが、お昼寝《ひるね》から目覚めたらしい。

――とととと、ぎゅ。


すあまが俺に抱《だ》きついてきた。

本日のすあまは、詩織《しおり》が選んだ服を着ている。

詩織が言うには、ニノリッチの服屋ではしっくりくるものがなかったらしく、わざわざネットショップで購入《こうにゅう》したそうだ。

「シロウの娘《むすめ》かー？」

「似たようなものです。ちょっと理由があって一時的に預かっているんですよ」

「ふーん。シロウもいろいろあるんだなー」

未婚《みこん》の俺に、いきなり幼児の娘（本当はドラゴン）ができた。

幼竜《ようりゅう》でもドラゴンはドラゴン。とても危険、と聞いていたのだけれども、幸いなことにすあまが暴れるようなことはなく、一日の大半を俺と共に過ごしていた。

「うぃあぃ」

俺を見上げ、幸せそうに笑うすあま。

守りたいこの笑顔《えがお》。

結婚どころか恋人《こいびと》すらいない俺だけれど、うっかり父性が目覚めてしまいそうになるから困ったものだ。

そして、もっと困ったことといえば、

「あぐっ……んくっ。はぐぐぅ……あんぐっ！」

「シロウの娘、いい食べっぷりなんだぞー」

「でしょ？　おかげでうちのエンゲル係数上がりまくりですよ」

「えんげる……なんだそれー？」

「ま、食費ってことです」

「あぐっ、はぐっ……あむっ！　んぐんぐっ」

テーブルに並べられた、山盛りの料理。

俺が空間収納《くうかんしゅうのう》から取り出した大皿料理の数々を、すあまが凄《すご》い勢いで口へと運んでいく。

そう、すあまは食べた。めちゃんこ食べた。

朝・朝・昼・昼・昼・おやつ・夕・夕・深夜と食べた。

この小さな体のどこに詰《つ》め込んでいるのかと不思議に感じるほど、食べまくっていたのだ。

赤《あか》ん坊《ぼう》は食べる、寝る、のサイクルを繰《く》り返し成長していくという。

対して幼竜のすあまは、食べる・食べる・まだ食べる・さらに食べる・とにかく食べる・限界まで遊ぶ・そして寝る、といった感じだ。

となると必要なのは、莫大《ばくだい》な量の食料とそれを購入するための資金――食費となる。

すあまの食欲に目を丸くするジダンさん。

さっき得た利益の何割が、すあまの食費として消えることやら。

「オイラには子供がいないけどよー。育ち盛りの子供にはいっぱい食べさせてやるといいんだぞー」

そんなジダンさんの言葉に苦笑いしつつ、俺は、

「そうですね。お腹《なか》いっぱい食べさせますよ」

と言うのだった。

◇◆◇◆◇

食事を終えたすあまの目が、とろんとしてきたころ。

「そういえば、ここに来る前に行列ができてる店を見かけたんだぞー」

「ひょっとして広場のあたりですか？」

「そうだぞー。広場近くの赤い屋根の店だぞー。どんな商売をしてる店なのか気になるんだぞー」

赤い屋根の店と聞いて、俺はすぐにピンと来た。

なぜならその赤い屋根の店とは、ある理由により俺が借りた店舗《てんぽ》だったからだ。

「ああ、その店でしたら知っていますよ。だってその店で商売してるのは俺の妹たちですからね。と言っても、オープンしたのは今日ですけれど」

「シロウの妹だってー？」

「ええ」

俺は頷く。

食力旺盛《おうせい》なすあま。その無尽蔵《むじんぞう》ともいえる胃袋《いぶくろ》に、食費の心配をしたのは俺だけではなかった。

俺は先日の出来事を思い出す。

あの日、ガツガツ食べるすあまを兄妹《きょうだい》で見守っていた。

すると何の前触《まえぶ》れもなく、詩織と沙織《さおり》がいきなりこんなことを言ってきたのだ。

「にぃに、すあまちゃんにかかるおカネだけどね～、詩織たちも働いて稼ごうと思うんだ～」

「へ？　急にどうしたの詩織ちゃん？」

「そうなんだよ！　しおりんと話し合ったんだけどさ、すあまを育てるって決めたのはそもそもあたしなわけじゃん？　だからさ、その責任ってやつを果たしたいんだよね！」

「さ、沙織？」

「そゆわけでね～」

「そゆわけだからさ、」

二人は、声をピッタリと重ねて。

「商売するためのおカネちょうだい！」

新規事業の出資金を要求してきたのだった。

「おカネって……待て待て！　いま自分たちで稼ぐって言ってなかった？」

「言ったよ～」

「あたしたちが兄ちゃんに要求してるのは、開店資金だよ！」

「は？」

「だから！　あたしとしおりんも、兄ちゃんみたく商売してみようと考えたんだよ！」

「はぁぁぁぁっ⁉」

詩織と沙織もこの町で商売をする、と言いはじめたのだ。

俺の出資金を基にして。

しばらく悩《なや》んだ結果、俺は二人の積極性を歓迎《かんげい》することに。

いくらか資金提供をした上で「好きにやってみるといい」と言ったのだった。

自分でも、とても長男っぽい発言だったと思う。

二人は一六歳《さい》。

未《いま》だバイト経験はないけれど、社会経験を異世界で積むのもアリといえばアリじゃんね。

翌日から、二人はどんな店をやるか遅《おそ》くまで話し合っていた。

その間に俺は役場に行き、二人の為《ため》の店舗を借りる。

そして本日、二人が店をオープンすることになった次第《しだい》だ。


という経緯《けいい》をジダンさんに説明したところ、

「兄妹そろって商売するなんてすごいんだぞー。商人一家なんだぞー」

と感心していた。

ちなみに俺は、二人がどんな商売をはじめたのかいまも知らなかったりする。

あとで覗《のぞ》きに行ってみよっと。

◇◆◇◆◇

「じゃあシロウ、またなー」

「はい。また」

無事取引を終え、ジダンさんを見送った。

時刻は午後三時。

「アイナちゃん、少し出てきていいかな？」

客足の途《と》切《ぎ》れた頃合《ころあ》いを見計らい、アイナちゃんにそう訊《き》いてみる。

「ふふ、シロウお兄ちゃん、お姉ちゃんたちのことがしんぱいなんでしょ？」

自分でも気づかぬうちに、だいぶそわそわしていたみたいだ。

アイナちゃんがくすくすと笑っている。

「大正解。あの二人がちゃんと働けるか——そもそもちゃんと店をやっていけるのか心配でね。ちょっとでいいから見にいきたいんだよね」

「ん、いいよ。お店にはアイナがいるし、スーちゃん《すあま》もアイナが見てるからお姉ちゃんたちのお店にいってあげて」

「ありがと。じゃあ行ってくるね」

こうして俺は、妹たちの店へ走るのだった。

◇◆◇◆◇

俺はニノリッチで商売をするとき、まず露店《ろてん》からはじめた。いきなり店舗を構えるより、ずっと安く商売ができたからだ。

けれども詩織と沙織の二人は、いきなり店舗を借りて商売をするという。

俺が店を持っているからか、二人が言うには自分たちでも「よゆー」とのことらしい。

「俺のときは運もあったけど、二人は上手《うま》くいくかな？」

結果よりも二人の経験になればいいよね、と思う気持ちが半分。

でもせっかくなら成功して欲《ほ》しいよね、と思う気持ちがもう半分。

複雑な気持ちを抱《かか》えつつ、二人の店を目指す。

二人が借りた店は、市場ではなく町の中央広場の近くにある。

市場に比べ買い物客が少ないため、商売をするには厳しい場所なのだけれども――

「……マジか」

二人の店には、たくさんの人が並んでいた。

オープン初日でこの行列。

俺がマッチを売った時と同じか、それ以上の勢いだ。

「こんなに行列をつくるなんて、どんな商売してるんだろ？」

店舗の入口に掲《かか》げられた看板。

そこには蛍光ピンクの文字でこう書かれていた。

【ビューティー・アマタ　～美しいあなたをより美しく～】

パワーに満ちた店舗名とキャッチコピーに、

「……」

俺は戦慄《せんりつ》せずにはいられなかった。

第一四話　ビューティー・アマタ

妹たちがはじめた謎《なぞ》の店、『ビューティー・アマタ』。

並んでいるのは女性ばかり。どちらかというと、若い女の子が多いかな？

店から出てくる女性は例外なく化粧《けしょう》を施《ほどこ》されていて、中には日本でしか買えない洋服を着ている人の姿もチラホラと。

「そっかー。そうきたかー」

俺はハイハイとばかりに一人頷く。

並んでいる先頭の人に断りを入れ、店内へ。

看板に『アマタ』と書かれているから、並んでいる人たちも俺が関係者だって気づいたのだろう。

当たり前のように店へ入ることができた。

「おおー」

店に入ってまず視界に飛び込んできたのは、ハンガーラックにかけられた洋服の数々。

ネットショップで購入したものもあれば、古着屋で買い付けてきたものもある。

すあまの服を買いに行ったとき、詩織《しおり》が「可愛《かわい》い服が見つからなかったの～」とボヤいていた。

そこに商機を見出《みいだ》し、向こう《日本》から洋服を買い付けてきたのだろう。

ニノリッチの住人には日本から持ってきた洋服が目新しく映り、また肌触《はだざわ》りもいいものだから、誰《だれ》もが手に取っては姿見で合わせ、自分に似合うか確かめている。

「あ、にぃにだ～」

店内を見回していると、カウンターの向こうから詩織が声をかけてきた。

詩織はイスに座り、対面の女性にメイクをしている真っ最中。

予想通りこの店は、ファッションだけではなくメイクまでしてもらえるところのようだ。

ぷらっと店に入り、出る時には服もメイクもバッチリ決まってるってわけですか。

ビューティー・アマタ、素敵《すてき》なコンセプトじゃんね。

「やっほー詩織ちゃん。初日なのに繁盛《はんじょう》してるね」

「えへへ～。すごいでしょ～」

「うん、凄い。俺じゃ考えつかない商売だよ」

「女の子は誰だってきれいになりたいものだからね～」

詩織はそう嘯《うそぶ》きながらも、対面の女性にメイクを施していく。

男の俺から見ても詩織のメイクは繊細《せんさい》で無駄《むだ》がなく、女性が持つ美しさをより引き出している。

美術部に所属する詩織は、昔から手先が器用だった。

絵を描《えが》いたり、物を作ったりするのが好きな詩織。

そんな詩織にとって、たくさんの人にメイクができるこの状況《じょうきょう》は楽しくて仕方がないみたいだ。

詩織は、ずっと笑顔でお客にメイクを施していた。

「はい、できました～」

メイクを終えた詩織が、対面の女性に完成を告げる。

女性は鏡を見て、

「これがわたし……なの？」

と呟《つぶや》いていた。

俺から見ても完成度が高いと思うぐらいだ。

当人からしたらもっとなんだろう。

「これがメイクセットで～。こっちがメイク落としね～。使い方を書いた紙を中に入れてあるから、次は自分でやってみてね～」

詩織が化粧品《けしょうひん》の入った袋《ふくろ》を女性に渡《わた》す。

「ありがとう。お代はここに置いておくわね」

「は～い。ありがとうございました～」

女性がカウンターに硬貨《こうか》を置き、笑顔のまま店から出ていく。

店を出た瞬間《しゅんかん》、外から「おお～!!」と歓声《かんせい》が聞こえてきた。

詩織のメイクがどんな評価を受けているか、わかるというものだ。

「こりゃ間違《まちが》いなく人気店になるな」

俺が一人感心していると、

「できたっ！」

カウンターの反対側から、沙織《さおり》の声が聞こえてきた。

そちらを見ると、ちょうど沙織も対面の女性のメイクを終えたところだった。

「お姉さん！　すっごくキレイになったよ！」

沙織は自信満々の顔で、女性に手鏡を渡す。

「……」

女性は無言。ただただ無言。

「「……」」

女性の顔を見てしまった俺と詩織も無言。ただただ無言。

けれども沙織はお構いなしに。

「いやー、お姉さん運がいいよ！　あたしに化粧してもらえるなんてさ！」

ウッキウキで自画自賛する沙織。

「……」

沙織の対面には、悪役レスラーがいた。

まず厚塗《あつぬ》りしたファンデが白浮きして、まるで仮面を貼《は》りつけたようになっている。チークもなぜその色をチョイスしたのってぐらい違和感満載《いわかんまんさい》。

極《きわ》みつけはアイライナーだ。目を大きく見せたいがために、アイライナーで目を囲む。

うん、それはわかる。でもなんで黒いアイライナーで囲み目にした外側を、白いアイライナーでさらに囲んじゃうかな。

黒と白のアイラインが怖《こわ》くて、まるで世界征服《せいふく》を企《たくら》む悪の幹部だ。

もはや元の顔がわからず、爆発《ばくはつ》と共に入場してくる悪役レスラーにしか見えない。

「さおりんはね～、ちょ～っとメイクが苦手なんだ～」

「詩織ちゃん、アレは苦手とかそゆレベルじゃないよ。人には向き不向きがあるんだから

ね」

「わかってるよ～。詩織も止めたんだよ～。でもさおりんね～、『あたしもやる！』って言って聞いてくれないの～」

詩織と小声でこしょこしょと内緒話《ないしょばなし》していると、

「……」

悪役レスラーとなった女性は無言で立ち上がり、店を出て行ってしまった。

外からさっきの歓声とは違《ちが》う、「ぎゃぁ～!!」みたいな悲鳴が聞こえてきた。

行列が減ってないといいな。

「にぃに、あの人怒《おこ》ってたよね～？」

「無言で出て行くぐらいだから、怒ってたんじゃないかな」

「だよね～。……はぁ」

詩織がため息をつく。

オープン初日にやっちまった、みたいな顔をしていた。

「仕方が無い。あの人には俺が謝《あやま》っておくよ。その代わり詩織ちゃんは沙織の暴走を止めるんだ。少なくとも、メイクの腕《うで》が人並みになるまではね」

「がんばる～」

「うん。がんばって。お客さんからおカネをもらう以上、対価に釣《つ》り合うサービスを提供できるようにならないといけないんだから」

「わ〜お。にぃにが大人っぽいこと言ってる〜」

「俺は大人だし、商人としても先輩《せんぱい》なんだけどね」

詩織に先輩風を吹《ふ》かせたあと、

「んじゃ、俺はさっきの人を追いかけるよ。詩織ちゃんは、沙織によーく言って聞かせるんだよ」

「は〜い」

「じゃあ、またあとでね」

俺は、無言のまま出て行った女性を追いかけるのだった。

◇◆◇◆◇

「すみません！　ちょっと待ってください！」

追いかけていた女性が足を止め、振り返る。

「さっきの店では妹が……って、あれ？　あなたはこないだの……」

沙織によるメイク体験を経て、悪役《ヒール》プロレスラー然となってしまった女性。

なんか見覚えがあるな、と思っていたら。

「貴様はあのときの只人族《ヒューム》か」

彼女《かのじょ》も俺《おれ》のことを憶《おぼ》えていたようだ。

顔は沙織のメイクのせいで、『地獄《じごく》からの使者』みたいなキャッチフレーズがつきそうなレスラー風味に仕上がっているけれど……。

すらりとした高身長。

雪のように白い肌《はだ》。

そして赤い瞳《ひとみ》。

間違いない。先日、町で探し物をしていた女性だ。

「憶えてましたか。探し物は見つかりましたか？」

挨拶《あいさつ》がてらそう訊いてみるも、女性は首を横に振る。

「貴様の言うヤクバという場所にはなかった」

「そうでしたか……」

悪役メイクで俺を見つめてくるものだから、なんだか責められている気がして居たたまれないぞ。

「はやく見つかるといいですね」

「まったくだ。先ほどの建物に多くの只人族が詰《つ》めかけていたから、あそこにあるのかとも期待したのだがな。……違った。あそこは戦士に戦化粧を施す場所だったようだ」

「いくさげしょう?」

「違うのか？　これは、」

女性は自分の顔を指さし、続ける。

「戦いに赴《おもむ》く只人族の戦化粧ではないのか?」

「ぜんぜん違います」

ここがプロレスのリングだったら、あながち間違いではないんだけれどもね。

「では呪《まじな》いの類《たぐ》いか?」

「それも違います。その化粧は女性をより美しく引き立たせるのが目的なんです。まぁ、あなたの場合はメイク担当の腕がちょっと残念な感じではありましたけども」

「女を美しくだと？　それになんの意味がある?」

女性がきょとんとした顔で訊いてくる。

「人から『美しい！』『綺麗《きれい》だ！』とか、『可愛い！』って言われると嬉《うれ》しくなりません？

俺なんかウソでも『かっこいい』と言われるだけで気分がよくなっちゃいますよ」

「理解できんな。私の故郷では強者のみが敬われ、弱者は……いや、なんでもない」

女性は目を閉じ、頭を振る。

「つまらん話をしたな。忘れてくれ」

「いえ、俺の方こそなんかすみません」

「……」

「……」

俺と女性の間に、やや気まずい空気が流れる。

話題を変えようか？　そう思ったタイミングで、

「先ほどの建物にないことはわかった。私は他《ほか》を探しに行く。では、な」

女性が歩き出す。

俺は少し悩んでから、再び呼び止めた。

「ちょっと待ってください」

「……なんだ？」

俺の呼び止めに、女性が足を止める。

「あなたの探し物、よかったら手伝いましょうか？」

「……なぜ私に手を貸す？」

「いえ、なんか焦《あせ》っているようにも見えたので」

「……」

「困ってる人を助けたい、という理由じゃダメですかね？」

「つまり貴様は、失《う》せ物探しを生業としている者ということか？」

「いいえ。ただの商人です。でもそれなりに顔は広いつもりですし、仕事の合間でよければ探し物のお手伝いを――」

「合間？　合間だと？　貴様、私を愚弄《ぐろう》するか」

すーっと、女性の目が細まる。

俺は慌《あわ》てて手を振る。

「誤解です。そんなつもりはありません。ただ、単純に人手があった方が見つかる可能性が高まるって。そう考えただけです」

「中途半端《ちゅうとはんぱ》な手伝いなどない方が良い。お前が私から対価を受け取り、その身を粉にして探すと誓《ちか》うのであれば、考えんでもないがな」

拒絶《きょぜつ》するような物言いだった。

手伝いたい気持ちに偽《いつわ》りはない。

けれども彼女は、報酬《ほうしゅう》を対価に全身全霊《ぜんしんぜんれい》を以《もっ》て探してくれる協力者しか求めていないようだ。

「私が探しているものは、多くの者にとって価値のあるものだ。対価を要求しない助力など信頼《しんらい》できるものか」

「そうですか。なら俺はあなたの協力者にはなれそうにありませんね」

「だろうな」

「ですので、あなたの協力者がいる場所を教えることにします」

「……どういう意味だ？」

「あなたの言う『失せ物探しを生業としている者』がいる場所ってことです」

「っ……」

女性の目が僅《わず》かに大きくなる。

「この町にはその手の依頼《いらい》で生活を――日々の糧《かて》を得ている者もいるんですよ。よければ教えますけど、どうします？」

「……聞こう」

女性から発せられていた圧がいくらか緩《ゆる》む。

俺は密《ひそ》かに安堵《あんど》しつつ、

「わかりました。この通りを右に曲がると――……」

『妖精《ようせい》の祝福』までの道順を教えた。

「受付にいる方に『依頼』だと伝えてください。依頼内容に見合った報酬を提示できれば、受けてもらえるはずです」

「……わかった」

女性が頷《うなず》き、歩き出す。

その背に向かって、

「ああ、それと『士郎《しろう》の紹介《しょうかい》』と添《そ》えれば、少しだけ——ほんのちょぴっとだけ依頼を受けてもらいやすくなるかもしれません」

「シロウ？　符丁《ふちょう》の類いか？」

「いえいえ、俺の名ですよ」

「……そうか。お前はシロウと言うのだな」

「はい。尼田《あまた》士郎と言います」

胸に手を当て、優雅《ゆうが》に一礼してみせる。

以前、領主のパーティで身につけた所作の一つだ。

女性は数秒だけ迷った後、ぽつりと。

「……セレスディアだ」

「はい？」

「セレスディア。私の名だ」

「セレスディアさんですか。セレスさんとお呼びしても？」

「好きにしろ。私はもう行く」

「ええ。ではセレスさん、無事見つかることを祈《いの》ってますね」

俺が教えた通りの道を進むセレスさん。

悪役レスラーの来訪に、冒険者《ぼうけんしゃ》たちがざわつかないことを祈るばかりだ。

第一五話　アイナとすあま

閉店作業を終え、夕日に照らされる市場で、

「スーちゃん、こっちだよ」

「あぃ」

アイナちゃんとすあまが追いかけっこをしていた。

店に俺と一日中いるからだろうな。

俺のことを親だと思っているすあまは、アイナちゃんのことを姉だと思っているようだった。

「こんどはこっちだよー」

「あぃ」

すあまはもちろんとして、アイナちゃんも楽しそうだった。

ゆっくり逃《に》げるアイナちゃんを、すあまがよたよたと追いかける。

緩急《かんきゅう》をつけて逃げるアイナちゃんに、すあまがなんとか追いつこうとして――

「スーちゃんあぶない！」

バランスを崩《くず》した。

転ぶ直前に、なんとか抱《だ》き留《と》めるアイナちゃん。

「っ……。スーちゃん、ケガしてない？」

「あぃ」

「……よかったぁ」

アイナちゃんが胸をなで下ろす。

そんなアイナちゃんの膝《ひざ》は、擦《す》りむけて血が滲《にじ》んでいた。

すあまの代わりに、アイナちゃんが膝を擦りむいてしまったのだ。

「アイナちゃん！　だ、大丈夫《だいじょうぶ》っ？　いまロルフさん呼んで回復魔法《まほう》を――」

「だいじょうぶだよ、シロウお兄ちゃん。おひざをすりむいただけだもん」

「でも血が……」

「これぐらいすぐなおるよ」

そう言うアイナちゃんの顔、痛みを我慢《がまん》しているようにも見える。

せめて絆創膏《ばんそうこう》でもと思い、店に取りに行こうとしたときだった。

「……あぃ」

「ひゃっ⁉」

すあまが、アイナちゃんの傷口を舐《な》めたのだ。

犬がペロペロするみたいに。突然《とつぜん》ペロリと。

当然、アイナちゃんはこれにびっくり。

「ス、スーちゃん？　そんなとこなめたらメッ、だよ。バイキンがお口にはいっちゃうんだよ？」

「そうだよすあま。こゆ転んだ擦り傷《きず》はね、まず水で流して…………ウソでしょ？」

目の前で、アイナちゃんの擦りむいた膝が元に戻《もど》っていく。

「……え？」

この不思議な現象に、アイナちゃんもぽかんと。

俺とアイナちゃんが見つめるなか、傷口が跡《あと》も残さず消えていく。

まるで、以前ロルフさんにかけてもらった回復魔法のようだった。

「「……」」

呆然《ぼうぜん》とする俺とアイナちゃん。

その隣《となり》で、

「あぃ！」

すあまだけが、得意げな顔をしていた。

傷がなくなったアイナちゃんの膝と、すあまを交互《こうご》に見る。

「いまのは……すあまがやったのか？」

「あぃ」

「マジか」

どうやらすあまの唾液《だえき》には、傷を癒《い》やす効果があるようだ。

伊達《だて》にドラゴンしてないってことね。

「スーちゃん、ありがとう」

アイナちゃんが、すあまを後ろからぎゅっと抱きしめる。

「ケガをなおしちゃうなんて、スーちゃんはやさしいドラゴンなんだね」

「あぃ」

もうすぐ日が沈《しず》む。アイナちゃんとすあまが、明日までバイバイする時間だ。

けれどもアイナちゃんは名残惜《なごりお》しそうに、ずっとすあまを抱きしめていた。

「それにしても舐めただけでケガを治しちゃうなんて、驚《おどろ》きだな」

「あら、なにが驚きなんですか？」

「うのぁっ⁉」

急に後ろから声をかけられたものだから、変な声が出てしまったぞ。

振《ふ》り返ると、そこにはステラさんが立っていた。

「こんばんはシロウさん」

「こんばんはステラさん。アイナちゃんのお迎《むか》えですか？」

「はい。お夕飯を作って待っていたのですが、なかなか帰ってこないから来てしまいました」

ステラさんはそう言うと、アイナちゃんに視線を向けた。

視線の先では、アイナちゃんがすあまをぎゅーっと抱きしめたまま。

「シロウさん、あの子は……その、シロウさんの娘《むすめ》さんでしょうか？」

「それほぼ全員に言われてるんですけど、俺の知らないところで流行《はや》ってるんですかね？」

『蒼《あお》い閃光《せんこう》』にエミーユさん。ジダンさんに、いまのステラさん。

すあまを俺の娘にしたがる、謎の勢力でも存在するのだろうか。

「うふふ。シロウさんのことだから、みんな気になるんですよ」

「ですかねー」

「それで……あの子は？」

「あの子はすあまと言って、一時的に預かっている子です。なんかアイナちゃんに懐《なつ》いてしまってるようでして……。そのせいでアイナちゃんも帰るのが遅《おく》れてしまってすみません。おーいすあま！　そろそろ――」

すあまを呼ぼうとしたところで、

「あ、待ってくださいシロウさん」

ステラさんに止められた。

「シロウさん、アイナがあんなに嬉しそうな顔をしているんです。ご迷惑《めいわく》でなければもう少しだけ、あと少しでいいので、すあまちゃんと一緒《いっしょ》にいさせてあげてください」

「まあ、俺は構いませんけど、夕飯冷めちゃいません？」

「また温め直しますから」

「そうですか」

「はい。そうです」

ステラさんは、優《やさ》しい眼差《まなざ》しを二人に――アイナちゃんとすあまに向けた。

アイナちゃんが木の棒で地面に絵を描きはじめ、すあまがそれをすぐに真似《まね》する。

二人を眺《なが》めていると、不意にステラさんがポツリと。

「わたしは……アイナに弟や妹をつくってあげることができませんでした」

「……はい」

「アイナは言いませんけれど、本当は妹が欲しかったみたいなんです」

「はい」

「昔、アイナに『おかーさん、赤ちゃんはどこからくるの？』と訊かれてたことがあって……。わたし、困ってしまいました」

「あはは。それってどの国でも一緒ですね。俺の故郷では『コウノトリと呼ばれる鳥が赤《あか》ん坊《ぼう》を運んで来る』と言って誤魔化《ごまか》すんですよ」

「こうのとり……。では、次があったらそう言ってみますね」

「がんばってください」

夢中で遊ぶ、アイナちゃんとすあま。

なんだか、本当の姉妹のようだった。

「あ、おかーさん！」

アイナちゃんが、やっとステラさんの存在に気づいた。

「おかーさん、あの……ごめんなさい」

暗くなりはじめたのに帰っていないから、アイナちゃんは怒られると思ったんだろうな。

けれども、ステラさんは微笑《ほほえ》んだまま首を振る。

「怒ってなんかいませんよ。それよりすあまちゃんと仲良くしてるのね」

「うん」

「アイナがお姉さんなの？」

「うん。アイナがね、スーちゃんのお姉ちゃんなんだよ」

「そうなの。なら妹のことを守ってあげるのよ？　アイナはお姉さんなんですもの」

ステラさんの言葉に、アイナちゃんがこくりと頷く。

「守る。アイナね、お姉ちゃんだからスーちゃんのこと守ってあげるの」

「偉《えら》いわ」

ステラさんがアイナちゃんを抱きしめる。

そして母娘は、仲良く手を繋《つな》いで家路へとついた。

「あぃにゃぁ」

すあまは寂《さび》しそうな顔で、そんな二人を見送っていた。

「すあま、俺たちも家に戻ろう。お腹《なか》減っただろ？」

「あぃ」

たぶん、アイナちゃんが本当の意味で『お姉ちゃん』になったのは、この日だったのだろう。

――アイナね、お姉ちゃんだからスーちゃんのこと守ってあげるの。

アイナちゃんの言葉。

この言葉に込められた想《おも》いを俺が知るのは、もう少し後のことだった。

◇◆◇◆◇

その夜。

「兄ちゃん、布団敷終《ふとんしき》わったよ」

「お、さんきゅ」

最近恒例《こうれい》となった、布団敷をかけたジャンケン大会。

その敗者である沙織《さおり》が、ぶーたれた顔で布団を敷《し》き終わったことを伝えてきた。

「にぃにはすあまと一緒に端《はし》っこね。真ん中は詩織《しおり》だから、さおりんは反対側の端っこ」

「ずっこいよしおりん！　あたしだってすあまの隣で寝《ね》たいんだから！」

「しおりんはこないだ一緒に寝てたでしょ～」

「回数的にはしおりんの方が二回も多いんだよ！　二回も!!」

「詩織のほうが多いのは、トランプでさおりんが負けたからだよ～」

「んじゃ今日もトランプですあまの隣を決めようよ！」

「いいけどぉ、一発勝負だからね～」

「っ……。三回！」

「ダメ～」

「ならせめて五回！」

「増えてるよ～」

すあまが俺にべったりになってから二〇日ばかり。

俺は、就寝《しゅうしん》時もニノチッリ《こっち》で過ごすようになっていた。

すあまは見た目が幼児でも、中身はドラゴン。

ばーちゃんの家に連れ帰り、万が一にも元の姿に戻ったり、そのまま行方《ゆくえ》不明になったりしたら笑えない。

というわけで、俺は仕入れ時間を除く一日の大半をニノリッチで過ごすようになっていた。

ついでに、

「すあまに会うのは五日ぶりなんだから譲《ゆず》ってくれてもいいんじゃん！」

「五日ぶりなのは詩織もいっしょだよ〜」

連休を終え、泣く泣く実家へと戻った詩織と沙織。しかし二人は諦《あきら》めなかった。異世界を諦めなかった。

金曜日の授業が終わるや否《いな》や、電車へと飛び乗る。

交通費俺持ちの片道一時間かけて目指す先は、もちろんばーちゃんの家。

いつの間にやら二人は、『平日は実家で。週末は異世界で』を地で行く女子高生となったのだった。

正直羨《うらや》ましくて仕方がない。俺も異世界を行き来する青春時代を送りたかった。

店の二階にある一室を片付け、置き畳《だたみ》を敷く。

そこに布団を持ち込めば、土足厳禁の寝室《しんしつ》が完成だ。

いま寝室には、パジャマ姿の尼田《あまた》三兄妹《きょうだい》に、

「あぃー」

俺とおそろいのパジャマを着たすあまがいた。

「すあま、『さ、お、り、マ、マ』はい、言ってみて！」

「うあうあうー」

「すあまちゃ～ん。『しおりママ』ですよ～」

詩織も沙織も、自分のことを『ママ』と呼んで貰《もら》いたいらしく、

「まーぅあー？」

「聞いたさおりん？　いま詩織のこと『ママ』って呼んだよ～」

「いまのは呼んだことにならないよ」

「呼んだよ～。ちゃんと聞いてて～」

すあまに『ママ』という単語を教えようと、意気込んでいた。

「すあまちゃん、もう一回言ってみて～」

「まーぅあー」

「もう一回ぃ～」

「まぅ、まー」

「もうちょっとだよ～」

「まぅま」

「っ⁉」

「そう『ママ』だよ！　あたしがすあまのママだよ！」

「騙《だま》されちゃだめよ～。すあまちゃんのママは詩織だからね～」

二人が同時にすあまを抱きしめようとして——

「うーあっ」

四本の腕をすり抜《ぬ》け、すあまが俺に抱きついてきた。

俺の足にしがみつきながら、「うーうー」となにかをせがんでいる。

「抱っこしてほしいのかな？」

「あぃ」

「いいよ。よっと」

すあまを抱き上げ、そのまま肩車《かたぐるま》する。

「うきゃっきゃっ」

肩車されたすあまは大喜びだ。

俺の頭に小さな腕を回し、弾《はず》んだ声を出している。

「むむむっ。兄ちゃんズルイ！」

「詩織にも抱っこさせて～」

頬《ほお》を膨《ふく》らませた二人。嫉妬《しっと》混じりの目で、すあまを渡してと手を伸《の》ばしてくる。

「だってさ。すあまはどっちに抱っこされたい？」

「あたしよね！　あたし！　沙織ママ！」

「詩織ママ、ママだよね～」

笑《え》みを浮《う》かべたまま、じりじりと距離《きょり》を詰めてくる二人。

まるでゾンビだ。

「やうぁー！」

すあまが俺の頭にしがみつく。

ママを騙《かた》る二人に対し、お断りを示した形だ。

「くっ！　兄ちゃんにばっか甘《あま》えて！　あたしたちはすあまのママなんだよ！」

「まぅまー？」

「そう『ママ』だよ～。お、か、あ、さ、ん、って意味なんだよ～」

その瞬間だった。

「んあぁぁぁーーーっ!!」

すあまがやだやだと首を振り、大きな声を出す。

何かを拒絶するような声音《こわね》だ。

「どうしたすあま？」

俺は肩《かた》から降ろし、前抱っこへと移行。

しがみついてくるすあまの背中を、落ち着かせるように優しく叩《たた》く。

「しおりんが『お母さん』って言ったのがいけなかったんじゃないかな？」

そういえば、さっきステラさんとアイナちゃんを見送ったばかり。

すあまは寂しそうな顔でアイナちゃんを、そしてステラさんを見ていたから、『お母さん』のワードに過剰《かじょう》反応しちゃったのかも。

「え～？　お母さん呼びが気に入らないのかな～。ママの方がいいの～？　詩織ママに話してみて～」

「やいやぃー！」

すあまがイヤイヤと首を振る。

次いで、

「あうーっ」

すあまが窓の外を指さした。

「あうーっ！　あーうっ‼」

窓から夜空が広がる中、すあまはただ一点を指し示している。

「すあま？　窓の外に誰《だれ》かいるの？」

俺がそう訊《き》くと、すあまはハッキリと。

「まぅま！」

「……え？」

「まぅま!!」

すあまの指は、ブレることなく同じ方向を指さしている。

その小さな人差し指の先にあるものは、ニノリッチの東に広がる大森林――ジギィナの森だ。

「「……」」

沈黙《ちんもく》の中ごくりと喉《のど》を鳴らしたのは俺か、はたまた妹のどちらかか。

「まぅま！　まぅま！」

ママと連呼するすあまに、俺は呆然と。

「すあま……お前、お母さんが森にいるのか？」

返事は笑顔《えがお》と共に。

「あぃ」

やっと通じたという顔で、すあまはこくりと頷く。

………………マジかよ。

すあまのお母さん、森にいるってよ。

第一六話　みんなに相談してみよう　その二

『妖精《ネ》の祝福《イ》』のギルドマスターが帰還《さんきかん》した。

その連絡《れんらく》を受け取った俺は、

「アイナちゃん！　俺ちょっとギルドに行ってくるね！　店番任せてもいい？」

「うん。アイナにまかせて」

「ありがと！　じゃ、行ってくるね」

アイナちゃんに店を任せ、外に出ようとして……ふと、その足を止める。

「……シロウお兄ちゃん？」

俺の行動にアイナちゃんが首を傾《かし》げる。

回れ右した俺は、そのまま二階へ。

まだ寝室で寝ていたすあまをバスタオルでくるみ、抱き上げる。

「念のためすあまも連れて行くね」

「ん、いってらっしゃい。シロウお兄ちゃん」

すあまを抱っこした俺は、『妖精の祝福』へと向かうのだった。

◇◆◇◆◇

『妖精の祝福』へとやってきた俺。

受付でギルドマスターに会いたい旨《むね》を伝えると、すぐに取り次いでもらえた。

「こちらでお待ちください。いまギルドマスターを呼んできます」

案内してくれた新人受付嬢《うけつけじょう》のトレルさんが一礼し、パタパタと足音を立てて去って行く。

通されたのは、ギルドの応接室。

棚《たな》には品のある調度品。

部屋の中心には、テーブルを囲むようにしてソファがコの字型に配置されている。

ソファにすあまを寝かせ、隣に腰《こし》を下ろす。

すると、

「う～……？」

ちょうどすあまが目を覚ました。

寝ぼけ眼《まなこ》をごしごし。部屋をキョロキョロ。

こてんと首を傾げる。

起きたら知らない部屋にいたわけだから、不思議に思ったんだろう。

「……ぱぅぱぁ？」

すあまが俺《おれ》を見上げ、ぎゅっと抱きついてきた。

知らない場所に不安を感じたのかも。

というか「ぱぱ」だって。「ぱぱ」。

なにこの感情？　胸がぽかぽかと温かいんですけど。

「大丈夫だよすあま。いまから俺の友だちと会うだけだから」

安心させるように笑いかけ、頭を撫《な》でる。

それだけで不安がなくなったのか、

「あぃ」

すあまも笑顔になった。

扉《とびら》がノックされたのはそんなタイミングでのことだった。


――トントン。

「シロウさん、入りますわね」

ネイさんの声が聞こえ、扉が開かれる。

応接室に入ってきたのは、全部で三人。

一人はネイさん。

「お待たせしましたわ」

「いえ、ぜんぜん待ってませんよ。それより戻ってきたばかりなのに訪《たず》ねてしまってすみません」

「構いませんわ。遺跡《いせき》と森の調査も終わりましたし、後は調査結果をまとめるだけですもの」

ネイさんが正面に座《すわ》る。

俺を見て、すあまを見て、柔《やわ》らかな笑みを浮かべた。

「でもお疲《つか》れじゃないですか？」

答えたのは老ドワーフだった。

「疲れておるぞ。疲れておるともよ。シロウ、お主の酒を呑《の》まなくてはこの疲れは取れんじゃろうな」

かつて英雄《えいゆう》として名を馳《は》せた、エルドスさんだ。

ソファに深く腰を下ろした彼《かれ》も、今回の遠征《えんせい》メンバーに入っていたようだ。

「それは申し訳ありませんでした。エルドスさんの今晩の酒代は俺が持ちますので、好きなだけ疲れを癒やしてください」

「ほう。良い心がけじゃな。では今宵《こよい》は遠慮《えんりょ》なく疲れを取るとしよう」

エルドスさんは「がっはっは！」と笑うも、ソファから動く様子はない。

どうやらエルドスさんも、俺の話を聞いてくれるみたいだ。

そして最後の一人が、

「お、おいシロウ！」

俺の目の前に、小さな少女がふわりと舞《ま》い降《お》りてくる。

「親分もお帰り。冒険者たちへの同行お疲れ様《さま》でした」

「あたいはべつに疲れちゃいないぞ。あたいにとっちゃジギィナの森なんて散歩みたいなもんだからな！」

半透明《はんとうめい》の羽をはためかせながらホバリングし、えっへんとする文字通り小さな少女。

この少女は妖精族と呼ばれる種族で、名はパティ・ファルルゥ。

そして俺の親分でもある。

「あたいにとっては『エンセー《遠征》』も『チョーサ《調査》』ってやつも大したことなかったぞ！　ぜ

んぜんなっ！」

「さすが親分。ヨッ！　かっちょいいね」

「ふふん♪　あたいは親分だから――じゃなくて！」

ヨイショに乗っかりかけたパティが、ぶんぶんと頭を振る。

「シロウ！　そ、その娘はなんだっ⁉」

パティがすあまを指さす。

「なんだって、なにが？」

「と、とぼけるなよっ！　そいつ……す、すごい魔力《まりょく》を持っているぞ！」

「あー……。やっぱりそーなんだ」

「そーだぞ！　わ、わからないのか？」

「俺にはさっぱり」

焦《あせ》った顔のパティ。

すあまを指さし、「そいつ！」、「そいつだよ！」と連呼している。

妖精族の種族特性なのかはわからないけれど、パティは相手の魔力量が本能的にわかるらしい。

パティ自身もすごい魔力量を持っているのだけれども、自分以上の存在と出会うと、いまみたくビビりモードに突入《とつにゅう》してしまうのだ。

ビビりモードが発動中ということは、すあまの魔力量はパティよりも上ということか。

ドラゴン恐《おそ》るべし。

「シロウ！　そいつはなんなんだよ⁉」

パティが訊いてくる。

一方で指を突《つ》きつけられたすあまは、小さな妖精《ようせい》であるパティが気になったみたいだ。

手を伸ばしてパティを捕《つか》まえようとしては、するりと逃げられていた。

「シロウ！　コ、コイツあたいのこと狙《ねら》ってるぞ！　あたいを食べる気だ！」

「んー、お人形と間違《まちが》えてるだけじゃないかな？」

「それもっとタチが悪いやつじゃないかっ！」

パティは捕まってなるものかとすあまの腕《うで》をかいくぐる。

これがすあまの好奇心《こうきしん》を大いに刺激《しげき》したらしい。

すあまがぴょんとソファから飛び降りる。

こないだアイナちゃんと追いかけっこをした記憶《きおく》も新しいからだろう。

「うあーっ！」

こんどはパティとの追いかけっこがはじまった。

「あ、あたいを捕まえようったってそうはいかないからな！」

「うーうーっ！」

「なんだ。魔力はすごいのにすっとろいなお前。そんなんじゃあたいは捕まえられないぞっ」

「あぃりゃぃー‼」

魔力量にビビってたパティも、すあまがただの幼児だと理解したようだ。

顔には余裕《よゆう》が戻り、「こっちだぞ！」とか「あたいはこっちさ！」と、追いかけっこを楽しみはじめていた。

さすが俺たちの親分。面倒見《めんどうみ》がいいぜ。

小さいすあまと、もっと小さいパティの追いかけっこ。

しばらく見守っていると、エルドスさんが口を開いた。

「シロウの娘……というわけでもなさそうじゃのう」

「それみんなに言われてますけど、俺は未婚《みこん》ですからね」

「伴侶《はんりょ》がおらずとも子供なんぞいくらでも作れるじゃろうが」

「そんな節操なしに見えます？」

「見えんな。それどころか女に縁《えん》がなさそうな顔じゃ！　がっはっは！」

豪快《ごうかい》に笑うエルドスさん。肩を落とす俺。

やり取りを見ていたネイさんが、くすりと笑う。

「この場に連れてきたということは、シロウさんがわたくしに相談したい事というのは、あのお嬢《じょう》さんのことですの？」

ネイさんの質問に、俺は頷《うなず》く。

「ええ。あの子の——すあまのことを相談したくて」

「すあまさん、ですか。愛らしい響《ひび》きですわ」

「はは、俺の妹が名付けました。でですね、実はすあまのことでかなーり厄介《やっかい》なことになりそうでして……」

「あんなにも愛らしい幼子なのに厄介なこと、ですか」

怪訝《けげん》な顔で聞き返してくるネイさん。

ネイさんたちは、森から戻ってきたばかり。

エミーユさんや『蒼い閃光』から、すあまについてまだ報告を受けていないみたいだ。

「はい。でもその前に……すみません。森に魔《ま》族《ぞく》が出たことを聞いちゃいました」

ネイさんの片眉《かたまゆ》がぴくりと上がる。

「魔族の存在を知る冒険者《ぼうけんしゃ》には口止めをしていたのですが……まあ、いいでしょう。シロウさんはわたくしたち『妖精の祝福』のパートナーでもありますもの。誰が明かしたかは予想がつきますが、今回は不問と致《いた》しますわ」

「ありがとうございます。あ、でも俺がしつこく食い下がったからその人も話してくれただけですからね。どちらかというと、悪いのは俺です」

「ふふふ。シロウさんはお優しいですわね。その誰かさんが秘密を話してしまうのも頷けますわ」

ネイさんが微笑む。

でもすぐに表情を引き締《し》め、

「では、聞かせてもらいますわ」

と言った。

「何から話しましょうか……。そうですね。事の起こりは二〇日ほど前になります。あの日、俺は妹たちとジギィナの森を歩いていて――――……」

俺はネイさんたちに、すあまのことを話した。

森で卵を拾い、エビラスオルニスだと思って孵化《ふか》させたら、中からドラゴンが出てきたこと。

ちょっと目を離《はな》している間に、人の姿に変化したこと。

「ですね、ここからは俺とライヤーさんの推測になるんですが――……」

そして森に現れた魔族の狙いが、すあまの――ドラゴンの卵なんじゃないかということ。

起こったことも推測したことも、まるっとすべて話させてもらった。

「むぅ。あの娘っ子がドラゴンとな」

黙《だま》って話を聞いていたエルドスさん。

さしもの英雄も、すあまの正体がドラゴンと聞き驚いた様子。

一方でネイさんは、

「……」

あごに手をやり、目をつむったまま何事か考え込んでいる。

ネイさんの目が開いたのは、たっぷり二分は経《た》ってから。

俺を見つめ、確認《かくにん》するかのようにこう訊いてきた。

「シロウさん、卵を拾ったのはおよそ二〇日前、そう仰《おつしや》いましたね？」

「ええ。言いましたけど……？」

「……そうですか」

ネイさんが深いため息をつき、続けて。

「あのとき魔族が運んでいたものは、ドラゴンの卵でしたのね」

「へ？　どゆことですか？」

俺の疑問に答えたのは、エルドスさんだった。

「なぁに。シロウがドラゴンの卵を拾う前にな、ワシらは魔族と一戦交えておったんじゃよ」

「……え？　一戦交えてって……た、戦ったってことですか!?　魔族とっ？」

「大した戦闘《せんとう》にはならんかったがのう」

「なんでそんなことに……」

「順を追って説明しますわ」

ネイさんはそこで一度区切り、コホンと咳払《せきばら》い。

「所属冒険者から魔族の目撃《もくげき》情報を得たわたくしたちは、すぐに森の調査に乗り出しましたわ。表向きは遺跡で見つかった財宝の回収、ということにして」

ジギィナの森に魔族がいた。

その知らせを聞いたネイさんの行動は早かった。

ギルドマスター権限で一流の冒険者を招集し、森の案内人《ガイド》としてパティへの協力を取りつける。

半日で諸々《もろもろ》の準備を終え、その日のうちに森へと入った。

魔族と遭遇《そうぐう》したのは、森に入って二日後の夜。

ニノリッチにほど近い場所でのことだった。

魔力探知に優《すぐ》れたパティが空を見上げる。

頭上から複数の魔力反応を感知したからだ。

同行していた魔術師《まじゅつし》が遠見の魔法《まほう》で確認すれば、翼《つばさ》を広げた魔族たちの姿が。

闇夜《やみよ》に紛《まぎ》れ、空を飛ぶ九人の魔族。

ネイさんが声を張り上げ魔族に呼びかけるも、上空の魔族たちはこれを無視。

仕方がなくネイさんの指示のもと、パティが全力で魔法をぶっ放す。

パティの攻撃魔法《こうげきまほう》を受け、空から墜《お》ちてくる魔族たち。

だが、さすがは戦闘種族の魔族たち。

パティの魔法を以《もっ》てしても決定打にはならず、冒険者たちはそのまま戦闘へと突入。

ある程度剣《けん》を交えたところで魔族たちは退却《たいきゃく》をはじめ、ネイさんたちは魔族を追い森の奥《おく》へ。

「思い返せば、あのときの魔族たちは何かを運んでいるようにも見えましたわ」

「何か、ですか。それが卵だったと？」

「おそらくは。こちらの先制攻撃《こうげき》――パティさんの魔法を受けたときに卵を取り落としたのでしょう」

「そうじゃな。あのときの魔族共は妙《みょう》に浮《う》き足立《あしだ》っておった。魔族は不意打ちを受けたからといって慌《あわ》てるような連中ではない。じゃが……大切なものを、それこそドラゴンの卵を落としたとなれば話は別じゃ。ドラゴンの卵を運んでいる最中に落としてみろ。ワシでも慌てるじゃろうよ。がっはっは！」

「……そうだったんですか。それにしても、落っこちても割れないなんて、ドラゴンの卵って固いんですね」

「なんじゃ知らんのか？　ドラゴンの卵の殻《から》は硬《かた》く、力一杯《ちからいっぱい》ハンマーを叩きつけても割れんのじゃぞ。当然、防具の素材としても価値は高い」

「そんなに硬かったんですか」

先にそれを知ってたら、ニノリッチまで転がして運んだのに。

無駄《むだ》に筋肉痛に苦しんだだけじゃんね。

「なんにせよ、いろいろとわかりました」

時系列順に整理すると、こんな感じだ。

ドラゴンの卵を空輸中の魔族たちと、ネイさんたち冒険者が戦闘に突入。

先制攻撃となったパティの魔法を受け、ドラゴンの卵は森へと落ちていく。

魔族は退却し、ネイさんたちは魔族の後を追う。

その後日、たまたま通りかかった沙織《さおり》がドラゴンの卵を見つけ現在に至る、というわけだ。

「点と点を結べば線になり、線と線を結べば形になります。魔族の狙いはすあま……というか、やっぱりドラゴンの卵だったんですね」

「そうですわね。森に現れた魔族。森にあったドラゴンの卵。その上、孵化したドラゴンは只人族《ヒューム》の姿に化けることができる最高位ドラゴンですもの。……困りましたわね。得られた情報を統合すると、わたくしもシロウさんと同じ結論に至ってしまいますわ」

「ワシもじゃ」

ネイさんとエルドスさんが、無邪気《むじゃき》に遊ぶすあまを見つめる。

「魔族が森に現れた理由、それはあのお嬢《ドラゴン》さんを手に入れるためでしたのね」

「……俺は、魔族にすあまを渡《わた》したくないです」

「わたくしもですわ。魔族に最高位ドラゴンの幼竜《ようりゅう》を渡すなど、『只人族と戦争をしてくれ』と言っているようなものですもの」

「うむ。ワシは過去に幾度《いくど》となく魔族と殺り合ったことがあるが、彼奴《あいつ》らはバケモノ揃《ぞろ》いじゃ。ただでさえ強い彼奴らに、ドラゴンまで渡すなどあってはならん」

「じゃあ――」

ネイさんの翡翠《ひすい》色の瞳《ひとみ》に、決意と覚悟《かくご》が宿る。

「『妖精の祝福』のギルドマスターとして、全面的に協力させていただきますわ。シロウさん、わたくしに出来ることでしたらなんでも仰《おっしゃ》ってくださいな」

「ありがとうございます！」

「お礼などいりませんわ。シロウさんがこのギルドへ貢献《こうけん》してくれたことに比べれば大したことではありませんもの」

「なに言ってんですか。俺の方が助けられてばっかりですよ」

「うふふ。謙虚《けんきょ》ですこと。では謙虚なシロウさん、」

「はい」

「早速《さっそく》ですが、わたくしにお手伝いできることはありますかしら？」

「そうですね……」

俺はしばらく考え、気になっていることを話すことに。

「そういえば、すあまが毎晩森を見ているんです。森を指さし、ママ――母親のことです――ママ、ママと恋《こい》しがっているんです」

「幼竜とて母が恋しいのですわね」

「待てお嬢。あの娘っ子《むすめこ》はシロウが卵から育てたんじゃ。母親の記憶があるわけなかろう」

「そうなんです。すあまは俺の目の前で卵から孵《かえ》りました。普通《ふつう》なら、母親の存在を知っているわけがないんです」

「じゃが、娘っ子は母親の存在を感じ取っておるわけじゃな」

「はい」

エルドスさんはフンと鼻を鳴らし、続ける。

「となれば、あの娘っ子にも帰巣本能《きそう》が備わっておるのかもしれんな」

「俺もすあまが持つ帰巣本能なんじゃないかって、そう考えてました」

俺とエルドスさんは顔を見合わせ、頷き合う。

「シロウさん、エルドスさん。キソウホンノウというのは、なんのことかしら？」

「なんじゃお嬢、お主ギルドマスターのくせに帰巣本能も知らんのか？　冒険者ではないシロウですら知っておるんじゃぞ」

「わたくしだって全《すべ》てを知っているわけではありませんわ」

拗《す》ねたように言い、ネイさんが少しだけ口を尖《とが》らす。

俺はネイさんでもこんな仕草をするんだなと思いながらも、帰巣本能について説明をすることに。

「帰巣本能というのは、動物――モンスターもかな？　とにかく、動物が見知らぬ場所から自分の巣や家、親や家族のもとに帰ることができる能力のことです。それこそ虫や魚から、犬や猫《ねこ》。他《ほか》にも多くの動物がこの帰巣本能を備えていて、俺の故郷では遠く離れた場所から自分の家に戻《もど》って来た犬の話が、感動の物語として語られることもあります。まあ、なんで巣に帰れるのかは俺の故郷でも解明されていないんですけれどね。というわけで……親分！」

追いかけっこが終盤《しゅうばん》にさしかかったパティを呼ぶと、

「はぁ、はぁ、はぁ……な、なんだシロウ？」

汗《あせ》だくになった顔でこちらを振《ふ》り返る。

すあまも疲れたみたいで、ソファに戻ってくると俺の膝《ひざ》にぽすんと頭を置いて、お昼寝《ひるね》に入ろうとしていた。

「実はさ、すあまが毎晩森を見ながらお母さんのことを呼んでるみたいでさ」

「ふぅん。カカ《母親》をか。それがどうかしたのか？」

「うん。パティってジギィナの森に詳《くわ》しいじゃん」

「そりゃあたいが育った森だからな」

「だよね。だからさ、パティはすあまのお母さんが――母ドラゴンがどこにいるか知らないかなって」

「簡単に言ってくれるな。ジギィナの森にはドラゴンなんてたくさんいるんだぞっ」

「マジで？」

パティの言葉に驚《おどろ》いたのは、俺だけではなかった。

「そうなんですの？」

「あの森にはそんなにドラゴンがおるのか」

ネイさんもエルドスさんも目を大きくしていた。

「パティさん、わたくしたちにドラゴンが生息する場所を教えていただけないかしら？」

ネイさんはそう言うと、道具袋《ぶくろ》から地図を取り出しテーブルに広げる。

それは手書きで描《えが》かれた、森の地図だった。

地図の一番左にニノリッチの町がポツンとあって、その他の部分はほぼ森。

森の中に、池だったり川だったり、発見された遺跡などが書き記されている。

遺跡が複数箇所描かれているのは、パティの協力によるものだろう。

「いいぞ。あたしが知ってるのと、じーじ——ぞ、族長から教えてもらったドラゴンの居場所はな、」

パティが地図の上でホバリング。

ピンと伸ばした指先で、地図の上を示しはじめた。

「まずここだな。ここにはフォレスト・ドラゴンがいるんだ！　あたいも見たことはあるけどさ、大人しそうなヤツだったぞ。そしてここら辺は一帯をアース・ドラゴンが縄張《なわば》りにしてるんだっ」

「アース・ドラゴンじゃと⁉　上位竜の一角ではないかっ」

「そうなんだ！　じー……族長もアース・ドラゴンには近づくなって言ってたな！　縄張りに入ってきたヤツをボリボリ食べちゃうからって！」

ドラゴントークで盛り上がる、パティとエルドスさん。

俺はネイさんに、

「ネイさん、上位竜ってことは、すあまのお母さんはそのアース・ドラゴンなる方ですかね？」

と尋ねてみる。

けれどもネイさんは首を傾げ、

「わかりませんわ。確かにアース・ドラゴンは上位竜ですが、最上位竜には一歩劣《おと》りますの。ですので上位竜とはいえ、幼竜のうちから只人族に化けられるほど魔法をコントロールできるものなのか、わたくしにはわかりませんわ」

「ふーむ。ドラゴンもいろいろあるんですね」

ネイさんと会話している間にも、地図を指すパティは止まらない。

「あとここにはグリーン・ドラゴンがいてな、こっちには深い谷があるんだけど、そこにはロック・ドラゴンがいるって話だぞ！」

「「……」」

ジギィナの森、ドラゴン生息しすぎでしょ。

さすがにこんなにもたくさんいるとは思っていなかったのか、ネイさんの顔が強《こわ》ばること強ばること。

パティの話を訊く限り、上位竜と呼ばれるドラゴンだけでも両手の指じゃ足りないぐらい生息してるみたいだ。

俺はふむと考え込む。

ウトウトしているすあまを見ていると、ピキーンと閃《ひらめ》きが。

「ねぇねぇ、親分」

「なんだ？」

「んとさ、」

すあまの前髪《まえがみ》を、そーっとどかす。

前髪に隠《かく》れていた額の宝石を指さし、

「おでこの辺りに、こんな感じの宝石がついてるドラゴンっているかな？」

と訊いた。

「おでこに光る石……」

「そそ。親分知ってる？」

「ああ！　じぃ――族長に聞いたことがあるぞ！」

パティはえっへんと胸を張り、続ける。

「光る石をつけたドラゴンだろ？　確か名前は…………そうだ！　ふっ、不滅竜《ふめつりゅう》だ！　森には不滅竜がいるって、じぃ――族長が言ってたんだぞ！」

瞬間《しゅんかん》、

「不滅竜じゃとっ⁉」

「不滅竜ですってっ⁉」

パティの口から出た「不滅竜」なる言葉に、エルドスさんとネイさんの言葉が重なる。

ソファから腰を浮《う》かして、口をあんぐりと開けて。今日一番の驚き顔だ。

「パ、パティさん……ジギィナの森には不滅竜が――あの神代の時代から存在すると云《い》われる不滅竜がいるんですのっ⁉」

ネイさんがパティに詰《つ》め寄る。

あんまりにも鬼気迫《ききせま》る表情だったものだから、パティは「ひぃっ」と声を漏《も》らし、俺の後頭部に隠れてしまった。

隠れつつも、顔だけは出して。

「ホ、ホントだぞっ！　じぃ──族長が言ってたんだからなっ！　不滅竜がいるって!!ホントだからな！」

真後ろから大声を出すもんだから、耳がキーンてしているぞ。

「ちょっと待って親分。えと、『ふめつりゅー』だっけ？　それって凄《すご》いドラゴンなの？」

「シロウさんは不滅竜を御存知《ごぞんじ》ありませんの？」

「不勉強で申し訳ないです」

「シロウが知らんのも無理はない。不滅竜なんぞ、長年冒険者をやってる者しか聞かん名じゃろうからな」

不滅竜とは、この世界に五種いる最強のドラゴンの一つで、限りなく不死に近いドラゴンの名だそうだ。

無尽蔵《むじんぞう》の魔力を有していて、魔力が尽《つ》きない限り滅《ほろ》びることがない。

故に、不滅《ふめつ》のドラゴン──不滅竜の名を冠《かん》しているのだとか。

「そんなドラゴンが……」

「不滅竜はその不死性故に、幻獣《げんじゅう》フェニックス《不死鳥》と並ぶほどのドラゴンじゃ。不滅竜の血肉を食《く》らえば、あらゆる怪我《けが》や病が治るとも伝えられておる」

「幻《まぼろし》の秘薬エリクサーも、一説によれば不滅竜の血が素材の一つではないか、と云われていますわ」

思い起こされるは、すあまがアイナちゃんの膝を舐《な》めた一件だ。

擦《す》りむいて血が滲《にじ》む膝を、ひと舐めしただけで治してしまった。

「……」

俺たちは黙り込み、自然とすあまに視線が移動する。

「？」

ウトウトしていたすあまは、みんなの視線が集まったことでビックリ。

「ぱぅぱぁ」

俺の首にぎゅっと抱《だ》き着き、みんなに背中を向けてしまった。

「大丈夫《だいじょうぶ》だよ」

背中を優《やさ》しく撫で、落ち着かせる。

ネイさんは数秒考えこみ、不意に、

「……パティさん」

パティの名を呼んだ。

呼ばれたパティは、俺の後頭部から肩《かた》に移動する。

「な、なんだよっ?」

「妖精族の族長様でしたら、不滅竜の居場所をご存知《ぞんじ》かしら?」

「あ、あたり前だろ！　じぃ――族長はすごいんだぞ！　森のことならな、なんでも知ってるんだからなっ」

答えを聞いたネイさんが、真剣《しんけん》な顔になる。

「でしたら、パティさんに是非《ぜひ》頼《たの》みたいことがありますの」

「あ、あたいに頼みたいことだって?」

「ええ。族長様に不滅竜の居場所を訊《き》いて来てはもらえないかしら?」

「じぃ……ぞ、族長にか?」

「ええ。お願いできませんか」

「ん〜〜っ」

腕を組み、悩《なや》むパティ。

パティと他の妖精族の間にはいろいろとあった。

本当にいろいろあったから、そう簡単に首を縦には振れないのだろう。

他の妖精族との間にあった誤解が解けたとはいえ、わだかまりまで解消したわけではない。

その証拠《しょうこ》に、パティは一度も妖精族の里に帰ってはいないのだ。

いまのパティは、半分ぐらい家出中みたいなものなのだ。

「ん～～～～～～っ」

「この通りですわ」

ネイさんが頭を下げる。

しかしパティは腕を組んだまま。

「んんん～～～～～～～～～っ」

「パティよ、シロウの娘っ子のためじゃぞ」

「んんんんん～～～～～～～～～～～っ」

「親分、俺からもお願いするよ。親分だけが頼《たよ》りなんだ」

俺も頭を下げると、

「おいりゃいしまー」

なんと、すあまも頭を下げたじゃないか。

俺の真似《まね》をしてるだけかもしれないけれど、この行動がパティの胸に届いたみたいだ。

「ん！　わ、わかった！　わかったよ！　じぃ――族長に不滅竜の住処《すみか》を訊いてきてやろうじゃないか！」

パティはそう言うと、えっへんとした。

返事を聞いたネイさんは、次に俺《おれ》へと向き直る。

「シロウさん、不滅竜の居場所が……すあまさんの親がいる場所が判明しましたら、シロウさんはどうされますの？」

ネイさんは真っすぐに俺を見つめ、訊いてきた。

だから俺は迷うことなく答えた。

「返します。本当の親の元へ」

「相手は不滅竜ですわ。一度返してしまえば、すあまさんとは二度と会えなくなるかもしれませんわよ？」

もう一歩踏《ふ》み込んで訊いてくるネイさん。

「……」

俺はすあまを見た。すあまは俺を見上げている。

確かな温《ぬく》もり。俺はそれを確かめるように抱きしめ、

「正直に言うと、すあまとはこのままずっと一緒《いっしょ》にいられたらいいなーって思ってました」

すあまの頭を撫《な》でる。

「妹たちはすあまのことを猫かわいがりしてますし、アイナちゃんとは本当の姉妹のように仲がいいですし。あと……俺にも懐《なつ》いてくれてますしね」

「シロウさん……」

「うん。このまま続けばいい。そう思わずにはいられないぐらい俺は――俺たちはすあまのことが好きなんです。大好きなんです。でも――」

続く言葉を出すのに、それなりの決意が必要だった。

「でも、すあまの本当の親が待っているのなら、会わせてやりたい。返してあげたい。本当の親の元で、すあまには元気に育ってほしいんです。だから――」

ネイさんを見て、エルドスさんを見て、パティを見て、最後にすあまに視線を落とす。

「だから、俺はすあまを親の元へ返します。なるたけ早く」

「い、いいのかシロウっ？　も、もっとゆっくりでもいいんじゃないかっ？」

「いいんだよ親分。こゆのはさ、早ければ早いほどいいんだ。じゃないと……情が移っちゃうからね」

まあ、もう情が移りまくりなんですけれどね。

「シロウさんの想《おも》いはわかりましたわ」

ネイさんは慰《なぐさ》めるような目を俺に向けたあと、きりりっと真面目《まじめ》な顔になる。

「それでは、パティさん、帰って来たばかりなのに申し訳ありませんが、族長様に不滅竜の居場所を訊いてきてくださいな」

「わかったよ。訊いてきてやるよっ」

「族長様から不滅竜の住む場所を教えていただけたら、案内もお願いできますかしら？」

「あたいはそのためにじぃ——族長に訊きにいくんだろ？　安心しろよ。あたいがちゃーんと案内してやるよ。そうだな………うん、二日後には戻ってこれるな」

「「二日？」」

パティの発言に俺もネイさんも、エルドスさんまでびっくり。

なぜなら妖精の里までは、片道三日の距離《きょり》にある。

なのに往復で二日しかかからないなんて……。

「ふふん。あたいひとりなら一日で里までいけるぞ！」

「あー、俺たち只人族に合わせなくていいからか」

パティは見せびらかすように自分の羽をアピールしては、

「そういうことだ！」

ドヤ顔を浮かべた。

「パティさん、感謝しますわ」

「親分、ありがとね」

「き、気にするなよ！　あたいはシロウの親分だからな！　とーぜんだ！　とーぜんっ！」

えっへんとするパティに、みんな自然と口元が緩《ゆる》んでいく。

でもネイさんだけはすぐ表情を引き締め。

「シロウさん、わたくしは腕の立つ冒険者を集め遠征《えんせい》チームを組み、パティさんが妖精族の里から戻り次第《しだい》、すあまさんを連れ森へと入りますわ」

「はい」

「そのとき、シロウさんにも同行をお願いできますかしら？」

「もちろんです！　と言うか、俺も連れてってください。すあまは俺の……家族ですから！」

「魔族が、すあまさんを取り返しに来るかもしれませんわよ？」

ネイさんが、試《ため》すような口調で訊いてくる。

けれども俺は、ブレずに。

「そのときはすあまと必死になって隠れてますよ。俺、かくれんぼは得意でしたから」

「うふふ。素晴《すば》らしい覚悟ですわ。安心してくださいな。わたくしたちが絶対にシロウさんと守ってみせますわ」

「ありがとうございます。俺も信じてますよ」

ネイさんと正面から見つめ合う。

するとエルドスさんも会話に入ってきた。

「魔族を相手取るには若造共だけでは荷が重かろう。シロウ、道中は一日につき酒瓶《さかびん》一〇本でこのワシがドラゴンの娘っ子を護衛してやろう。どうじゃ？」

「毎日そんなに飲まれたら逆に護衛として不安しかないですよ。一日二本なら手を打ちます」

「ケチケチするでない。八本でどうじゃ？」

「ダメです」

「なら七本じゃ！」

「護衛期間中の飲酒は禁止。代わりに、一日につき希望のお酒をどれでも三本譲《ゆず》りましょう。どうですか？」

「ど、どれでもじゃと？　ばーぼんもかっ⁉」

「もちろんです」

「すぴりたすもかっ⁉」

「飲み過ぎないでくださいよ」

「がっはっは！　いいじゃろう。契約成立《けいやくせいりつ》だ！　ワシが娘っ子の護衛についてやろう！」

『妖精《ようせい》の祝福』の支援《しえん》を受けるとともに、心強い護衛をも手に入れることができた。

各自役割が決まったところで、パティが「よし」と気合を入れる。

「じゃあ、あたいは里に行ってくるよ」

「え？　親分いまから行くの？」

驚く俺に、パティはにやりと笑う。

「こーゆーのは早いほうがいいんだろ？　シロウのジョウ《情》ってヤツがうつる前にな！」

「親分……。ホントありがと親分！　期待してるよ！」

「ふふん。子分のためにひと肌脱《はだぬ》いでやろうじゃないか！」

「さっすが親分！　かっくいーっ！　頼りになるーっ‼」

「よ、よせよ！　そんなに褒《ほ》めるなっ。は、恥《は》ずかしいだろ‼」

こうして俺たちはパティを見送った。

パティが戻り次第、俺は冒険者たちと森へ入る。

すあまを、親のもとへ返すために。

第一七話　家族会議

その日の夜。

営業終了《しゅうりょう》後、俺は「話がある」と言い、詩織《しおり》と沙織《さおり》、それにアイナちゃんを二階に集めた。

「にぃに話ってな～にぃ？」

「兄ちゃん話ってなにさ？」

ソファに座《すわ》るなり、そう訊いてくる二人。

一方でアイナちゃんは俺の膝にちょこんと座るすあまを見て、次に俺の顔を見て、なにかを察したようだ。

「シロウお兄ちゃん、お話ってスーちゃんのこと？」

アイナちゃんの言葉に、俺は真剣な顔で頷《うなず》く。

「実はさ、すあまを本当の親のところへ返そうと思うんだ」

仲間と相談した結果、すあまを親元に返すことにした、と。

もちろん魔族《まぞく》のことは伏《ふ》せてある。

単純に異世界《こっち》を楽しんでいる詩織と沙織にも、すあまを本当の妹のように可愛《かわい》がっているアイナちゃんにも、余計な心配をさせたくなかったからだ。

なのに、俺の宣言を聞いた詩織と沙織ときたら、

「兄ちゃん本気なのっ⁉」

「にぃにどうしちゃったの～？　すあまちゃんは詩織たちの子供でしょ～！」

「そうだよ兄ちゃん！　あたしたちが育てるんじゃなかったの⁉」

「途中《とちゆう》でほっぽり出す方が可哀《かわい》そうだよ～」

「兄ちゃん考え直すならいまだよ！　じゃないともう口利《き》いてやらないからね！」

「詩織もにぃにのことキライになっちゃうからねぇ」

「兄妹《きようだい》の縁《えん》も切っちゃうからね！」

「家にあるアルバム、にぃにの写真だけ全部くり抜《ぬ》いて燃やしちゃうんだから～」

壮絶《そうぜつ》なブーイングを飛ばしてくるじゃないですか。

心が折れそうなほどブーブーと。「にぃに（兄ちゃん）なんかぜんぜんイカさないや！」

と悪態付きで。

けれども俺は長男。めげてはいられない。

「いいから聞いてくれ。信頼《しんらい》できる友だちがさ、すあまの親がいる場所に心当たりがあるそうなんだ」

一度区切り、二人の反応を窺《うかが》う。

「「……」」

詩織は無表情に。

沙織はぶすっとした顔で。

続けろ、と視線で促《うなが》してくる。

「二人も見ただろ？　すあまが毎晩窓から森の方を見ているのを。あれはすあまの帰巣本能のようなもので、森にすあまの親がいるからだと思うんだ」

「っ……。す、すあまの勘違《かんちが》いかもしれないでしょっ？」

「そうだよ～。すあまちゃんはまだ子供なんだもん。ただ森を見ていただけかもしれないよ～」

二人の言葉を聞き、俺はため息をつく。

「ウソつけ。二人ともホントは気づいてるんだろ？　森にすあまの親がいるんじゃないかって。すあまが俺たちじゃなく、本当の親に逢《あ》いたがってることにさ」

「「……」」

二人は唇《くちびる》をかみしめ、俯《うつむ》いてしまった。

俺はやれやれと肩をすくめると、次にアイナちゃんへと顔を向けた。

「アイナちゃん、」

「ん？」

「アイナちゃんは、どうしたらいいと思う？」

「んと……」

アイナちゃんはすっごくすっごく悩んでいた。

すっごくすっごく悩んだあと、

「んと、アイナは……アイナはね、」

アイナちゃんはぎゅっと拳《こぶし》を握《にぎ》ると、泣きそうな顔ですあまを見つめた。

それでも、

「アイナはおかーさんのことがだいすきなのね。だから、スーちゃんもおかーさんのことがだいすきだと思うの」

「……うん」

「アイナはスーちゃんのお姉ちゃんだから、スーちゃんがね、こまってたり、かなしんでたりしたらね、たすけてあげないといけないの」

「……うん」

「だから……だからアイナはね」

アイナちゃんは目を涙《なみだ》でいっぱいにしながら。

「スーちゃんを、おかーさんにあわせてあげたいな」

と言った。

それはすあまを大切に想う、『お姉ちゃん』としての言葉だった。

「そっか。うん。アイナちゃんはすっかり、すあまのお姉ちゃんだね」

目じりに溜《た》まった涙を、指先で拭《ぬぐ》うアイナちゃん。

「えへへ」

アイナちゃんは、泣きながら微笑《ほほえ》んでいた。

そんなアイナちゃんと、

「まぅまぁ」

母を求めるすあまの姿に、心を揺《ゆ》さぶられたようだ。

「……わかったよ。すあまをホントの親のとこに返せばいいんでしょ」

「詩織がすあまちゃんの本当のママに逢わせてあげるね～」

最後には、渋々《しぶしぶ》ながらすあまを親元に返すことに納得《なっとく》してくれた。

そしてこの日は、アイナちゃんも店の二階に泊《と》まることになり、

「スーちゃん、アイナといっしょにねよ」

「あい」

「すあま、あたしの隣《となり》も空いてるぞ！」

「あい」

「すあまちゃ～ん。今晩は詩織とねんねしようね～」

「あい」

すあまの隣を巡《めぐ》り、詩織と沙織がちょっとした小競《こぜ》り合いをするのでした。

第一八話　嵐《あらし》は突然《とつぜん》に

翌朝。

すあまと遊ぶ詩織《しおり》と沙織《さおり》を眺《なが》めながら、アイナちゃんと開店準備をはじめる。

カウンターを磨《みが》き、棚《たな》に商品を陳列《ちんれつ》する。いつもの朝の光景。

突然平穏《とつぜんへいおん》が破られたのは、そんなときだった。


――バタンッ!!


店の扉《とびら》が音を立てて開かれる。

大きな音にびくりとしたアイナちゃんがそちらを向くと、

「……エ、エミーユお姉ちゃん？」

そこには、エミーユさんが立っていた。

エミーユさんは荒《あら》い息を吐《は》きながら、俺を見つけるなり詰め寄ってくる。

「お兄さん大変なんですよぉ！　ヤバイんですよぉ!!」

俺の両肩《りょうかた》をむんずと掴《つか》み、鬼気迫る顔のエミーユさん。

「ちょ、エミーユさんなにかあったんですか？」

「お兄さん！　実は！　ギルドに！　数日前から！　大きな卵の捜索依頼《そうさくいらい》がきてたんですよぉっ！」

「へ、へぇえ。卵の捜索依頼ですか…………って、えぇっ⁉　マジですかっ？」

「マジもマジ！　大マジなんですよぉ!!」

「詳しく聞かせてください」

「もちろんですよぉ！　アタシもそのつもりで来たんですよぉ！」

エミーユさんは鼻息を荒らげ、ギルドでの出来事を語りはじめた。

「ギルマスがいない時期があったじゃないですかぁ？　アタシ、その間は受付業務をぜーんぶ後輩《こうはい》のトレルに任せてたんですよぉ」

「……」

「むむむっ？　なんですかお兄さんその顔は？」

「いえ、なにも」

「言っておきますけど、トレルに任せてたのはトレルのためでもあるんですからねっ」

エミーユさんの理不尽《りふじん》な言動に、アイナちゃんが首を傾《かし》げる。

「……おしごとまかせるのが、そのお姉ちゃんのためなの？」

「あったり前なんですよぅ。おチビなアイナにはわからないでしょうけど、使えない後輩を一人前に育てるには、とにかく仕事をさせることが大事なんですよぅ。つまり、ぜーんぶトレルのためなんですよぅ。こんな後輩想《こうはいおも》いな先輩《せんぱい》もそうはいないんですよぅ」

この発言を聞いた詩織と沙織が、顔を寄せ合いこしょこしょと。

「しおりん聞いた？　パワハラだよ。パワハラってやつだよ。あたしリアルで見たのはじめてかも」

「異世界にもイヤな先輩はいるんだね～」

「あぅ～？」

「すあまはイヤなヤツがいたらあたしに言うんだよ。パンチしてやるから」

「あぃ」

「なら詩織はビンタする～」

けれども耳が良いはずのエミーユさんは、これを無視。

完全に聞こえないていで、話を続ける。

「もうっ。いまはトレルのことなんてどーでもいいんですよぅ。それよりも、トレルのスカタンが受けた依頼《いらい》の中に、卵の捜索依頼があったことのが重要なんですよぅ！」

エミーユさんの話をまとめると、だいたいこんな感じだった。

ギルドマスター《ネイさん》が不在の間、エミーユさんは受付業務をまるっと新人受付嬢《うけつけじょう》のトレルさんに押《お》しつける。

ほぼワンオペで業務を捌《さば》くトレルさん。仕事に忙殺《ぼうさつ》されているトレルさんの下に、珍《めずら》しい依頼が飛び込んできたのはそんなときだ。

「トレルの話だと、その依頼者《いらいしゃ》がギルドに来た瞬間、冒険者《ぼうけんしゃ》たちがざわついたそうなんですよぅ！　そのあまりに禍々《まがまが》しい様相に!!」

「禍々しいって、不穏《ふおん》なオーラでも発してたんですか？　それとも見た目が完全に魔族だったとか？」

俺の冗談《じょうだん》めかした質問。

けれどエミーユさんはこれに頷く。

「トレルが『最初見たとき絶対魔族だと思いました』って、そう言ってたんですよぅ！」

件《くだん》の依頼者がギルドを訪《おとず》れた瞬間、熟練の冒険者たちでさえ浮足立《うきあしだ》たずにはいられなかったらしい。

周囲のざわめきを気にも留《と》めず、受付カウンターへとやって来た依頼主《らいぬし》。

トレルさんを睨《にら》みつけると、こう言ったそうだ。

『報酬《ほうしゅう》は弾《はず》む。森で落とした卵を探し出してほしい』

依頼者の様相から、恐怖心《きょうふしん》に駆《か》られるトレルさん。

しかし見た目以外は特に問題がなかったため、勇気を振《ふ》り絞《しぼ》ってこの依頼を受理。

翌日には、クエストボードに依頼票《いらいひょう》が張り出された。

「これがトレルのバカタレが受理しちゃった依頼票なんですよぅ！」

エミーユさんが懐《ふところ》から依頼票を取り出す。

そこには、こう書かれていた。

依頼：紛失《ふんしつ》した卵の捜索《そうさく》、または情報

目的地：ジギィナの森（ニノリッチ近辺）

依頼主：見た目が完全にヤバイ人

報　酬：紅魔鉱石たくさん！

内　容：森に卵を落としてしまった。

一抱《ひとかか》えはある大きな卵だ。

発見した者には報酬をやろう。

情報でも構わない。探せ。

依頼票に目を通した俺の手が震《ふる》えてくる。

報酬の紅魔鉱石なるものは、どこかで聞き覚えがあるけれどいまは端《はし》に置いておこう。

それよりも重要なのは――

「エミーユさん、これって……」

「そうなんですよぅ！　卵を狙《ねら》ってる魔族がギルドまでやってきたってことなんですよぅ！」

「っ……。このことをネイさんには報告したんですか？」

「そんなのできるわけないじゃないですかぁ。あのねちっこいギルマスに、『エミーユさんは、なんでトレルさんに対応させたのかしら？』みたいに問い詰められるに決まってるんですよぅ。そこからアタシがサボってたのがバレちゃうんですよぅ」

「ええっ⁉　それ本気で言ってますっ？　魔族と自分のサボりがバレるの、どっちがヤバイと思ってるんですかっ⁉」

「そんなのサボってるのがバレる方に決まってるじゃないですかぁ！」

「アホかーっ‼」

「アホじゃないですよぅ！　アタシはアホなんかじゃないですよぅ！」

エミーユさんは手をぐるぐる回し、ポカポカと俺を叩《たた》いてくる。

まったくこのウサ耳ときたら……。いや待て。いまは依頼主の方が先だ。

卵を探している人物——おそらく魔族——が、自分からギルドに現れたということは、だ。

ネイさんに報告すれば、戦力と準備を整えた上で魔族を呼び出すことができるのではないだろうか？　うん。先手を打てるかもしれないぞ。

とか考えていたら、

「お兄さん、この話にはまだ続きがあるんですよぅ！」

「へ？」

「お兄さん、聞いた話だと卵を背負ってギルドに来たってゆーじゃないですかぁ？　鑑定《かんてい》してもらうために！　しかも女連れで！」

「い、行きました。そこの沙織と一緒に」

「実は、カネに目が眩《くら》んだヌケサク冒険者が、ソッコーでお兄さんのことを売りやがったんですよぅ！　ボケナス冒険者が、依頼主にお兄さんのことを話しやがったんですよぅ!!」

「な、なんですってっ!?　話した？　俺のことを？」

「そうなんですよぅ！　ここ！　ここ見てください！『紅魔鉱石』って書かれてますよね？　この紅魔鉱石ってゆーのは、ミスリルと同じぐらい価値のある鉱石なんですよぅ！

だから――」

エミーユさんが大きく息を吸い込み、ひと息に続ける。

「お兄さんが卵を持っていたことも！　お兄さんの店がどこにあるかも！　お兄さんが一日のほとんどをここで過ごしてるってことも！　ぜーーーんぶゲロっと吐きやがったんですよぅ!!」

エミーユさんは拳を握り締《し》め、吐き捨てるように言った。

少し遅《おく》れて、俺の脳が状況《じょうきょう》を理解しはじめた。

卵を背負ってギルドを訪ねたあの日、当然のことながら冒険者はたくさんいた。

そのなかの誰《だれ》かが、情報提供者となったのだ。

「っ……」

ちょー恐《おそ》ろしい魔族が、卵の拾得者《しゅうとくしゃ》である俺の居場所を知ってしまった。

結論、俺もすあまもちょーヤバイ。

「エ、エミーユさん、それっていつのことですかね?」

「いつって。どの『いつ』ですよぅ?」

「ほら、冒険者が依頼主に情報提供した日はいつ――」

いつなんですか、そう続けようとしたときだった。

――カランコロン。

来客を知らせるベルが鳴り、扉が開かれた。

入ってきたのは――

「ここに私が落とした卵があると聞いたのだが……む。貴様は――」

「あ、あなたは――」

目の前の、外套《がいとう》に身を包む長身の美女。彼女《かのじょ》は赤い瞳《ひとみ》を俺へと向ける。

「シロウ、だったな」

「セレスさん……」

どうりで紅魔鉱石に聞き覚えがあったはずだ。だって俺に紅魔鉱石を渡《わた》したのは、彼女だったのだから。

森で卵を探す者。

それは、セレスディアさんだったのだ。

第一九話　セレスディア

「貴様がアレを拾っていたのか。昼夜問わず探していたものが、まさかこんなにも身近にあったとは、な」

セレスさんが自虐《じぎやくてき》的な笑《え》みを浮《う》かべる。

ここにセレスさんが来たということ。

セレスさんが卵の所有者だと言っていること。

会話の節々から、只人族《ヒューム》じゃなさそうだなーとは思っていたけれど、まさかセレスさんが魔族だったなんて。

正直、セレスさんが魔族だなんて思いたくない。

けれども、俺は本能的に理解してしまったのだ。セレスさんが俺たちとはまったく異なる存在だということに。

俺を見つめる、セレスさんの瞳。

道端の石ころを見るような目で、俺のことを見ていた。

いまならわかる。セレスさんの瞳を正面から見てしまったいまだからこそわかる。

――ああ、セレスさんは本当に魔族なんだな。


セレスさんの全身から、圧のようなものが発せられる。

隣にいるエミーユさんが、ぶるりと身を震わせた。

詩織《しおり》と沙織《さおり》もガタガタと震えはじめる。

あの様子じゃ、セレスさんが以前ビューティー・アマタに来た客だって気づいてもいないだろう。

でもわかる。セレスさんがただそこにいるだけで、息苦しくなっていくのだから。

「……シロウ、アレはどこにある？」

「アレ？　なんのことでしょう？」

「……先に言っておくが、惚《とぼ》けないほうがいい」

セレスさんから発せられる圧が高まる。

「とは言われてもですね。見ての通り、ここは様々なアイテムを扱《あつか》う商店です。商品の移り変わりは早く、また、毎日新しい商品が入ってきます。ですので、なにを探しているのかはっきり言ってもらえないとわからないんですよね」

俺《おれ》は営業スマイルを浮かべたまま、そう答える。

セレスさんは煩《わずら》わしそうな顔をしながらも、

「……ギルドとやらで、貴様があの卵を持っていたと聞いた」

「卵？」

「一抱えはある大きな卵のことだ」

セレスさんが近づいてくる。

いまセレスさんの目には、俺しか映っていない。

でも逆にこれは好機だ。

「ああ、あの卵のことですか」

思い出したとばかりに手を叩く。

内心ドキドキだけど、顔には出さずにセレスさんと向き合う。

「あの卵は俺の店に持ち込まれたものでしてね。なんの卵かはわかりませんでしたけど、念のため買い取らせてもらったんですよ」

「……」

「俺は商人ですからね。勘《かん》といいますか、あの大きな卵を見た瞬間《しゅんかん》に、こう……ピーンときましてね。これは珍しいものではないかと。これはおカネになるぞと。そう考え、ギルドに鑑定依頼《かんていいらい》を出したんですよ」

「鑑定……だと？　貴様、アレがなんの卵か知ったというのか」

セレスさんが睨みつけてくるなか、俺は自信満々な顔で頷く。

「ええ。鑑定してもらいましたからね」

「っ……」

セレスさんが目を見開いた。

無言の圧が叩きつけられる。でもここで気圧《けお》されてはいけない。

俺は笑みを崩《くず》さぬまま、

「鑑定してもらって驚《おどろ》きましたよ。まさか――」

視界の端で、セレスさんの右手が動くのが見えた。

指先をぴんと伸《の》ばし、まるで空手で言う手刀のように。

たぶん、もしここで回答を間違《まちが》える……いや、この場合は正解するとかな？

俺の返答次第では、問答無用で体を抜かれそうな雰囲気《ふんいき》だ。

しかし、俺は気づかぬフリを続けたまま。

「まさか、あの卵がエビラスオルニスのものだとは思いませんでしたよ」

ピタッと、セレスさんの右腕《みぎうで》が止まる。

よかった。刺《さ》されなかった。貫《つらぬ》かれなかった。

「……」

セレスさんの体から、いくらか力が抜けていくのを感じた。

それに合わせて、緊張《きんちょう》も和《やわ》らいでいった。

「いま、なんと言った？」

「エビラスオルニスですよ。騎獣《きじゅう》として優秀《ゆうしゅう》な鳥型モンスターのことです。どうです？ 合ってますよね？ ギルドの鑑定員に調べてもらったから間違いないはずです」

「……」

セレスさんは数秒ほど考え込み、やがて、

「……そうだ」

と言った。

「アレは同胞《どうほう》と共に苦難の末探し出した卵でな。どうしても故郷に持ち帰らなければならない」

そう言うと、セレスさんは腰《こし》に下げていた革袋《かわぶくろ》を外し、中身を床《ゆか》にぶちまける。

「タダで返せとは言わん。この紅魔鉱石を望むだけくれてやる。交換《こうかん》といこうじゃないか」

「なるほど。ミスリルと同価値の鉱石と。では商談、というわけですね」

「ショウダン？」

「双方《そうほう》が利益を得るための取引を指す言葉のことです。うん、でもセレスさんの要求はわかりました。俺も商人です。まずは商談に応じるとしましょう」

俺はなるたけ明るい声を出す。

魔族であるセレスさんを俺のペースに巻き込み、場の主導権を握るためだ。

「さて、そんなわけで、」

そこで一度区切り、くるりと回れ右。

「急遽《きゅうきょ》商談が入っちゃったから、みんな外してもらえるかな？」

俺の言葉にいち早く反応したのは、

「あーーーっ！　そ、そそそ……そ、そういえばっ！　ア、アタシもまだ仕事が残ってたんですよぅ！　早くギルドに戻《もど》らないとなんですよぅ！」

エミーユさんだった。

不自然なほど大きな声を出したエミーユさん。

「アタ、アタシはこれで失礼するんですよぅ！」

セレスさんの隣を通り過ぎ、無事店の出口へ。

「じゃ、じゃあお兄さん！　アタシはお仕事に戻るんですよぅ！　ご冥福《めいふく》をお祈《いの》りするんですよぅ！」

「あ、エミーユさん」

出て行こうとしたエミーユさんの背中に、ギリギリで待ったをかける。

というか何がご冥福だ。勝手に殺さないでよね。

「ななっ、なんですかお兄さん？　アタシには仕事が待ってるんですよぅ！」

顔を真っ青にしながらも、こちらを振り返ったエミーユさん。

俺はこの機を逃《のが》すものかとばかりに。

「ギルドに戻るついでに、みんなも連れてってもらえませんか？」

「みんな？　アイナやお兄さんの妹たちをですかぁ？」

「あと、すあまもですね。実はまだ朝食を食べてなくて……。なので、ギルドの酒場で朝食を食べさせてもらえたらなと。ほら、女の子だけでギルドの酒場に行くのって敷居《しきい》が高いじゃないですか？　でもエミーユさんが一緒《いっしょ》にいてくれたら、俺も安心できるなーって」

喋《しゃべ》りつつも、エミーユさんにバチンバチンとウィンクで目配せだ。

ここからアイナちゃんたちを連れ出してくれと。みんなをギルドで保護してくれと。そしてできれば助けを呼んできてくれと。

口にも顔にも出さないけれど、思いの丈《たけ》をウィンクに託《たく》しバチンバチンと。

エミーユさんもバチンバチンとウィンクを返してきたから、なんとか伝わったようだ。

俺とエミーユさんが、はじめて想《おも》いを通じ合わせた瞬間だった。

「わかりましたようぅ。お兄さんの頼《たの》みなら断れないんですようぅ。アタシがみんなをギルドに連れてってあげるんですようぅ」

「ありがとうございます。というわけで、アイナちゃん、すあまを連れてギルドでご飯食べてきてもらえるかな?」

「シロウお兄ちゃん……でもっ」

「ああ、これからする商談は俺の個人的なものだからね。アイナちゃんにまで付き合わせちゃ店主として失格だよ。さ、すあまと一緒にエミーユさんについていって」

「……ん」

「はやく!　はやくこっちに来るんですようぅ!」

エミーユさんがアイナちゃんを急《せ》かす。

俺は次に詩織と沙織に顔を向け、

「聞いたよね?　詩織ちゃんと沙織も一緒に行くんだ」

「兄ちゃん急になに言って……」

「にぃに……？」

セレスさんに背を向ける。

人差し指を口元にあて、詩織と沙織だけにわかるようにしーっとする。

そして、

『いますぐここから逃《に》げるんだ』


日本語で伝える。

沙織がぽかんとする一方で、詩織はすぐに頷《うなず》いた。

普段《ふだん》はのんびりしている詩織だけれども、視野は広く、また場の空気は読める方だ。

セレスさんが身に纏《まと》う雰囲気と俺の反応から、ヤバイ状況だということを察したのだ。

詩織はすあまを抱《だ》き上げると、

「さおりん、アイナちゃん、にぃにのお仕事のジャマしちゃいけないから詩織たちはご飯食べてこよ～。ほら、すあまちゃんも外に出るよ～」

「ごめんね詩織ちゃん。商談がまとまったらすぐ行くね。ああ、ギルドでは好きに頼んでていいからね」

「わ〜い。にぃにありがと〜」

冒険者ギルドには、『蒼《あお》い閃光《せんこう》』がいるかもしれない。

ネイさんは確実にいるし、エルドスさんもたぶんいる。

ここにいるよりはずっと安全なはずだ。

「詩織なに食べようかな〜。すあまちゃんはなに食べたい？」

「しょーせじー」

「え？　ソーセージ？」

「しょーせじー」

「そっか〜。ソーセージ食べたいんだ〜。じゃあ詩織が頼んであげるね〜」

すあまを抱っこした詩織。

そそくさとセレスさんの横を通り過ぎようとした瞬間——

「あぅっ」

セレスさんがすあまを掴み上げた。

「あぅ〜あぅ〜」

「すあまちゃ〜ん！」

「すあま！　ちょっとアンタ何するのよっ！」

詩織と沙織がすあまを取り戻そうと、セレスさんに近づく。

しかし――

「黙《だま》れ」

「「っ……」」

ただ一言で、二人はぺたりと座《すわ》り込んでしまった。

強烈《きょうれつ》な殺気を向けられ、腰が抜《ぬ》けてしまったのだ。

「うぅ～。あぅ～」

服の後ろ襟《えり》をつかまれ、宙づりになったすあま。

すあまはじたばたと暴れるが、セレスさんが下す様子はない。


――まさか、すあまの正体がバレたのか。


どくんどくんと心臓が早鐘《はやがね》を打つ。

みんなに聞こえてしまうんじゃないかって勢いだ。

けれでもここはクールに。冷静に。

「セレスさん、なにをするんですか？　その子を離《はな》してください！」

俺は毅然《きぜん》とした態度で接した。

だが、セレスさんは底冷えするような声で。

「貴様、私が何者か知っているな？」

「それは……」

セレスさんの目が細まっていく。

赤い瞳に怒《いか》りが宿りはじめた。

「ならば話が早い。卵を渡せ。それとも卵を渡す気はないか？」

「な、なぜそう思うんですか？　卵を渡すかどうかは、これからする商談次第《しだい》じゃ――」

「嘘《うそ》をつけ。貴様の目を見ればわかる」

「っ……」

セレスさんが俺を睨みつける。

「只人族は弱いが、嘘をつくのは上手《うま》い」

セレスさんはそう言うと、続けて。

「さあ、卵を持ってこい。この娘《むすめ》と交換だ」

すあまと交換。

こんな無茶《むちゃ》な要求もないだろう。

だってあの卵から出てきたのが、いま掴み上げてるすあまなんだから――って、そうか。

セレスさんは、すあまの正体がドラゴンだってことを知らないんだな。

現状、この一点が――すあまの正体を知っているということだけが、俺たちにとって有利な点だ。

「どうした？　この娘の命が惜《お》しくはないのか？」

答えたのはエミーユさんだった。

「ひ、人質《ひとじち》を取るということはっ、アタシたちへの宣戦布告も同然なんですよぅ！　あ、あ、あ、あなたはっ、アタシたち『妖精《ようせい》の祝福』を敵に回すつもりですかぁ？」

エミーユさんが、これでもかと『妖精の祝福』の名を強調する。

『妖精の祝福』は、近隣《きんりん》諸国に名が知られるほど大きな冒険者ギルドだ。

所属している冒険者も一流どころが多く、とりわけニノリッチ支部は特にその傾向《けいこう》が強い。

普通《ふつう》に考えれば、敵に回したいと思える組織ではない。

けれでも――

「有象無象《うぞうむぞう》が集まったところで私になにができると言うのだ」

セレスさんは魔族《まぞく》。

まるで脅《おど》しになっていなかった。

「聞け、シロウ。私は只人族と——貴様たちと争おうなどとは考えていない」

「……でしょうね。あなたほどの力があれば、強硬《きようこう》手段も取れたはずですから」

「そうだ。只人族の町で、只人族の振りをして卵を探すのには骨が折れたぞ。幾度《いくど》となく町を破壊《はかい》してやろうかとも考えたほどだ」

「……」

「だが、私の目的は町の破壊でも只人族の殲滅《せんめつ》でもない。ただ……ただ、卵を見つけ故郷へと持ち帰りたいだけだ」

「……卵をどうするつもりですか?」

「それに答えてやる必要があるか?」

「ない、ですね」

「シロウ、貴様は黙って卵を持ってくればよいのだ。この——」

セレスさんがすあまを一瞥《いちべつ》し、続ける。

「娘と引き換《か》えとしてな」

「……」

どうする?

そもそも、「卵の中身がいまお持ちになっている幼児ですよ」なんて口が裂《さ》けても言えるわけがない。

セレスさんは、幼竜《ようりゅう》は人に変化できることを知らない。俺の有利な点は、ただその一点のみ。

そのことを隠《かく》し、うまく立ち回らないと――

「卵はどこだ？」

「あいにくといま手元にはありません。店を調べてもらっても構いませんが、これは本当です」

「なら何処《どこ》へやった？」

核心《かくしん》を突《つ》く質問がくる。

俺は表情を変えず、目も逸《そ》らさず。

「それを言うのはその子を――すあまの安全を確認《かくにん》出来てからです」

「そうか。私はまだるっこしいことは嫌《きら》いだ。ありがたいことに、ここにはまだ他《ほか》の只人族もいる。この娘を殺したところで――」

「ダ、ダメです！　それはダメ！」

「なら早く教えることだな」

「っ……」

　俺が出した答えは、

「卵は……卵は、もう売ってしまいました。二日前のことです」

「売っただと？」

「はい。馴染《なじ》みの商人に、売ってしまいました」

　苦《くる》し紛《まぎ》れの嘘。

　けれでもセレスさんは、淡々《たんたん》と。

「そうか。なら取り戻してこい」

「……へ？」

「貴様たち只人族は、カネとかいうものがあれば、手に入らぬものはないのだろう？　三日だけ待ってやる。三日目の晩までに卵を用意しておけ。この娘と交換だ」

「あぅ……ぱうぱぁ」

「すあま！」

　悔《くや》しさから、奥歯《おくば》を噛《か》みしめる。

　何か手はないか？　すあまを取り戻す手が——

　そんなときだ。

「ダ、ダメだよ！」

アイナちゃんが叫《さけ》んだ。

恐怖《きょうふ》で膝《ひざ》を震わせながらも、アイナちゃんはセレスさんをまっすぐに見つめる。

「スーちゃんは――つれていっちゃダメ！」

「……なんだ貴様は？」

「アイナは……ア、アイナは！　スーちゃんのお姉ちゃんだよ！　スーちゃんのお姉ちゃんなんだもん。だからスーちゃんじゃなくて、」

アイナちゃんはそう言うと、ふんすと気合いを入れた。

ずんずんと歩いて行き、セレスさんの前で立ち止まる。

「つれていくなら、アイナにして！」

「アイナちゃんなにを言ってるんだ！　そんなことはダメだよ！」

「シロウお兄ちゃん」

アイナちゃんが俺を見る。

「見て、スーちゃんがないてるの。アイナはお姉ちゃんだから……スーちゃんのお姉ちゃんだから。スーちゃんをまもってあげないといけないの。だから――」

再びセレスさんを見上げるアイナちゃん。

純粋《じゅんすい》な瞳だった。

恐れも敵意もなく、ただすあまのことを――妹のことを想う、一人のお姉ちゃんがそこにいた。

「っ……」

アイナちゃんに見つめられ、セレスさんがわずかにたじろぐ。

視線が交差し、数秒が経《た》ち。

「小娘《こむすめ》、貴様がこの娘の代わりになるというのか？」

セレスさんに問われたアイナちゃんは、こくりと頷く。

「ん、アイナはお姉ちゃんだもん。お姉ちゃんは……妹をまもってあげないといけないんだもん」

「妹……か。いいだろう。貴様の心意気に免《めん》じ、望みを叶《かな》えてやろう」

セレスさんが、掴《つか》みあげていたすあまを俺に放《ほう》り投《な》げる。

「うわっと!?」

「あう〜」

なんとかキャッチ。

「あうあ〜」

目を回しているけれど、すあまは解放された。

でも、代わりに――

「アイナちゃん！」

「シロウお兄ちゃん」

アイナちゃんが、セレスさんに捕《と》らわれてしまった。

「シロウ、この娘は預かっておく。返してほしければ卵を持ってこい」

「そうは言いますけど、ど、どこに持っていけばいいんですか？」

「場所は……」

セレスさんは少し考え。

「只人族の町ではいつ邪魔《じゃま》が入るともわからん。私は森で待つことにしよう」

「森？　森といっても――」

「使いを出す。お前は卵を取り戻し、ただ使いを待てばいい。では、な。三日後の夜、双方にとって利がある商談とやらをしようではないか。ああ、それと」

セレスさんが腕《うで》を振《ふ》るう。

ただそれだけで、扉《とびら》ごと店の壁《かべ》が吹《ふ》き飛んだ。

「約束を違《たが》えれば命はないと思え。この場にいる全員の、な」

セレスさんの背中からメキメキと音を立て、漆黒《しっこく》の翼《つばさ》が生えてきた。

アイナちゃんを脇《わき》に抱《かか》えたまま翼をはためかせる。

ふわりと浮きあがる、そのまま空へ。

「待って――アイナちゃん……アイナちゃん!!」

「シロウお兄ちゃん!」

「絶対、絶対助けに行くからね!」

「シロウお兄ちゃん! スーちゃんをおねがい! まもってあげて! おねがい! おね
が――……」

「アイナちゃーーーん!!」

…………。

…………。

……ウソだろ?

アイナちゃんが、攫《さら》われてしまった。

第二〇話　作戦会議

冒険者《ぼうけんしゃ》ギルド『妖精の祝福』。

ギルド内にある一室には、重い空気が立ちこめていた。

「はぁっ⁉　アイナの嬢《じょう》ちゃんがっ⁉」

驚きの声をあげたのはライヤーさん。

数時間前、アイナちゃんがセレスさんに――魔族に攫われてしまった。

ショックから詩織《しおり》と沙織《さおり》に、エミーユさんまでが呆然《ぼうぜん》とした。

けれども俺はすぐにギルドへと走り、ライヤーさんをはじめとした冒険者の仲間たちに助力を求め、事のあらましを話す。

このとき、詩織と沙織にも魔族のことを話した。

観光気分でこの世界に来ていた二人には、ショックが大きかったようだ。

二人とも顔を伏《ふ》せ、黙ってしまった。

「あんちゃん、アイナの嬢ちゃんが魔族に攫われたってのか⁉」

この場にいるのは、一一名。

『蒼い閃光』の四人。ギルドマスターのネイさん。十六英雄《えいゆう》の一人エルドスさん。現場に居合わせたエミーユさんに、詩織と沙織。

そこに俺とすあまを入れた、総勢一一名だ。

本当はもう一人、ここにステラさんがいた。けれどもアイナちゃんが攫われたことを伝えると、気を失うようにして倒《たお》れてしまったのだ。

いまステラさんは、ネイさんの部屋で休んでいる。申し訳ない気持ちでいっぱいだった。

「すみません。俺がついていながら……」

「謝《あやま》らなくていい。あんちゃんが魔族とやり合えるわきゃないしな。それに謝るならおれたちの方だ」

「……え？」

「魔族の狙《ねら》いがドラゴンの嬢ちゃんだってわかっていながら、あんちゃんの側にいてやれなかった。すまねぇあんちゃん」

ライヤーさんが頭を下げてきた。

それを見たエルドスさんが、ふんと鼻を鳴らす。

「止《や》めい。みっともない」

「でもよぉエルドスの旦那《だんな》、おれは……」

「止めい、と言ったんじゃ。それに、それを言うならワシやお嬢《ネイさん》も一緒じゃ。魔族の目的を知っていながら、ワシらはシロウの護衛にまで気が回らんかったんじゃからな」

エルドスさんが悔しそうに拳《こぶし》を握《にぎ》りしめる。

ネイさんはそんなエルドスさんの肩《かた》に手を置き、労《いたわ》るような視線を向けていた。

「……………誰《だれ》が悪いかなんてどうでもいい。いまはアイナを取り戻すのが先」

「ネスカ殿《どの》の言う通りですな。猶予《ゆうよ》は三日。それまでにアイナ嬢を救う手立てを考えねばなりません」

「ボクがこそーっと行って、えいやって魔族をやっつけてくるにゃ」

「やめとけキルファ。相手は魔族だ。返り討《う》ちに遭《あ》うだけだぞ。そもそも魔族がどこにいるかわかんねぇだろ」

キルファさんの暴走を、ライヤーさんが諫《いさ》める。

「もう！　じゃあ、どーするんだにゃっ？」

「知るかよ！　それをいまから考えてんだろが！」

「なら早く考えるにゃ！　ライヤーはリーダーでしょっ」

「わかってるよっ。いちいち急かすな！」

「アイナの命がかかってるんだにゃ！　急がないとダメなんだにゃ！」

「だから急かすなって言ってるだろ！」

自然と声が荒《あら》くなっていく二人。

そんな二人に向かって、ネイさんがぴしゃりと。

「お止めなさい。ここはアイナさんを救うために話し合う場ですわ。なのにそれが出来ないと言うのであれば、どうぞ部屋から出て行ってくださいな」

「「……」」

ギルドマスターの言葉に、ライヤーさんとキルファさんが口をつぐむ。

「ご理解頂けたようですわね。ではアイナさんを救う手立てを話し合いますわよ」

「すみませんネイさん。その、俺のせいでみんなにご迷惑《めいわく》を……」

俺のせいで、ライヤーさんとキルファさんが口論してしまった。

その事実が悲しくて、同時にすっごく悔しかった。

すべては俺が立ち回りを失敗したせいなのに……。

「シロウさん、そんな風に仰《おっしゃ》ってはいけませんわ。アイナさんが魔族に攫われてしまったんですのよ？　そんな状況《じょうきょう》にありながらも『妖精の祝福』を頼《たよ》って頂けないのでしたら……わたくし、シロウさんのことを見損《みそこ》なってましたわ」

いまの言葉がネイさんなりの冗談《じょうだん》だと気づくのに、いくらか時間がかかった。

「ホント、すみません」

「大丈夫《だいじょうぶ》だあんちゃん。あんちゃんには俺たちがついてる。アイナの嬢ちゃんをよ、取り返してやろうぜ」

「ライヤーさん……。はい！」

ライヤーさんの言葉に、胸の奥《おく》が熱くなる。

詩織と沙織がこの場にいなかったら、泣いていたかもしれない。

「シロウ殿。微力《びりょく》ではありますが、我々が助勢いたします」

「…………魔族にもつけ込む隙《すき》はある。諦《あきら》めてはダメ」

「シロウにはボクたちがついてるし、アイナもきっとだいじょーぶにゃ！」

「自ら三日と期日を設けた以上、あの娘はまだ無事なはずじゃ」

ロルフさん、ネスカさん、キルファさん、エルドスさん。

「魔族が直接的行動を取ってきた以上、このまま見過ごすわけにはいきませんわ。アイナさんを無事に取り戻すためにも、わたくしたちは冷静に行動し、対処しますわよ」

そしてネイさんの言葉により、冒険者たちの心が一つになっていく。

——アイナちゃんを、救うために。

◇◆◇◆◇

「どんなアイデアでも構いませんわ。自由に発言してくださいな」

みんなの顔を見回し、ネイさんが言う。

そこで俺は、ずっと疑問に感じていたことを訊《き》くことに。

「あのー、ちょっと訊きたいことがあるんですけど、いいですかね？」

「なんでしょうシロウさん？」

ハイと挙手する俺に、みんなの視線が集まる。

「今回の件で、魔族の狙いがすあまなのが——ドラゴンなのがハッキリとわかりました」

「そうですわね」

「はい。でですね、なんで魔族は成竜——つまり、すあまの親を狙わなかったのでしょう？」

答えたのはネスカさん。

「…………簡単なこと。魔族は強い。けれども、最上位竜の成竜はもっと強い。己《おのれ》より弱い存在に従うドラゴンなどいない。例外があるとすれば——」

「幼竜のうちから育てたドラゴンのみ、ですわね」

ネスカさんの言葉を、ネイさんが引き継《つ》ぐ。

「幼竜のうちに誰が主なのかを教え込んでおけば、成竜になっても従順なままと伝え聞きますわ」

「なるほど。『サーカスの象』に似てますね」

「サーカスノゾウ……なんですのそれ？」

「いえ、俺の故郷の寓話《ぐうわ》なので、気にしないでください」

子象の足に、杭《くい》につながれた鎖《くさり》をつける。

当然、子象は逃げようとするが、まだ力が弱いため逃げられない。

小さな頃《ころ》から逃げられない、と学ぶため、成体になり鎖を杭ごと引き抜く力を得ても、それを試《ため》そうともしなくなる。

これを、心理学用語で『サーカスの象』というのだ。

話を聞く限り、これはドラゴンにも当てはまっていそうだぞ。

「そうか。だからドラゴンの卵が……」

膝に座るすあまに一度視線を落とし、再び顔を上げる。

「ということは、成竜のドラゴン――すあまの親なら、すあまのことを守れるかもしれないってことですよね？」

「最上位竜の一つ、不滅竜《ふめつりゅう》を倒せるものなど魔族にもいませんわ」

ネイさんが頷く。

「魔族の要求はドラゴンの卵であって、すあまではない」

俺《おれ》は一度、頭の中を整理する。

「うん、そうだよ。セレスさんは、卵がすでに孵《かえ》っていることも、卵から出てきたのがすあまであることも知らない」

俺にできること、できないこと。

俺にはできないけれど、仲間ならできること。

「アイナちゃんを救出するには、そこを突くしかないな」

「そうは言うがなシロウよ、いったいどうやってあの娘を救出するつもりじゃ？　魔族がおる場所もわからんのじゃろう？」

「場所がわかればこっちから襲撃《しゅうげき》してやるんだにゃ」

「お待ちくださいキルファ殿。攻撃《こうげき》を仕掛《しか》けるのはアイナ殿の安全を確認してからです」

「それぐらいボクだってわかってるにゃ！」

「ホントかぁー……って、どうしたあんちゃん？　黙り込んじまってよ」

すあまとアイナちゃん。

どちらも欠くことなくアイナちゃんを取り戻す方法。

俺は思考を巡《めぐ》らせる。

状況を。俺にできること。みんなにできること。

それらすべてを統合し、救出作戦を練り上げる。

「…………詩織ちゃん」

「ん？」

俺の呼びかけに、ずっと黙っていた詩織が顔をあげる。

「詩織ちゃん、詩織ちゃんは美術部だったよな」

「う、うん。そうだよ～」

「得意なのは絵画と立体模型、間違《まちが》いない？」

「合ってるよ～。詩織はね、絵も描《か》けるけど、どちらかと言うと立体物の方が得意なの～」

「おっけー、ならさ、」

俺はスマホを取り出し、一枚の画像をタップ。

「これと同じものを作ることできる？」

スマホの画面。

そこには、デッカイ卵の前でドヤ顔を決める詩織と沙織が映っていた。

森で卵を見つけた時に、記念で撮《と》ったものだ。

「卵……？　にぃにまさか――」

「そ。そのまさか。お兄ちゃん、一世一代の大博打《おおばくち》をしようと思ってね。それでどうかな詩織ちゃん。これとそっくりな卵の偽物《にせもの》を作る自信はある？」

俺の問いに詩織は迷い、けれども最後には、

「作れる！　作れるよ～！　ううん、詩織に作らせて！　ちょ～そっくりなの作ってやるんだから～」

「よし。なら、はいこれ」

俺は財布《さいふ》からありったけの万札を取り出し、詩織に渡《わた》す。

「足りなかったら言ってくれ。いくらでも用意する」

「これだけあれば十分だよ～」

「よかった。なら早速《さっそく》制作に取り掛《か》かってくれ。時間があまりないからさ」

「らじゃ～」

詩織はぴんと伸《の》ばした指先で敬礼すると、

「じゃ～、詩織はもう行くね～。さおりん、詩織の代わりに話聞いててね～」

と言い、ギルドホームから出て行った。

一度店に寄り、そこからばーちゃんの家に戻《もど》るのだろう。

「兄ちゃん、しおりんに卵のニセモノを作らせるのはわかったけどさ、もしバレちゃったらどーするのよ？」

「そこ含《ふく》めて説明するよ。でもその前に……」

俺はこの場にいる全員を見回す。

みんなの視線が俺に集まる。

「一つだけ、アイナちゃんを取り戻し、なおかつすあまも渡さない作戦を思いついたんですけど、聞いてもらえませんか？」

「もちろん聞かせてもらいますわ」

「あんちゃん、どうせロクな案がねー状況なんだ。あんちゃんの考えた作戦を聞かせてくれよ」

「わかりました。親分が不滅竜の住処《すみか》を聞いてこれるかで作戦内容が変わりますが、俺の考えた作戦はこうです。まず共通してるのは、妹の詩織が卵の偽物を作ります。それを──

──……」

不滅竜の住処を族長である祖父に尋《たず》ねるため、里帰りしているパティ。

住処がわかったときをプランA。

わからなかったときをプランBとし、みんなに説明をはじめる。

説明を続けていくうちに、聞いていたみんなの顔が驚きに変わっていった。

そして――

「といった感じです。これが、俺の持つ手を全部使った作戦です。どうか協力してもらえませんか？」

作戦概要《がいよう》を話し終えたあと、俺はみんなに頭を下げる。

隣《となり》の沙織が慌《あわ》てて立ち上がり、

「あたしからもお願いします！　兄ちゃんに協力してやってください！」

と頭を下げた。

みんなの反応は――

「ネスカ、どう思う？」

「…………シロウの言っていることが本当に可能だとしたら、成功する可能性は高い。わたしは賛成」

「そうかい。ならおれもあんちゃんの作戦に賛成だ」

とライヤーさんとネスカさんが言えば、

「ボクもさんせーだにゃ」

「私もシロウ殿の策に賭《か》けてみるべきかと」

キルファさんとロルフさんも続く。

「若いもんは迷いがなくて良いのう。……お嬢、お主はどうじゃ？」

「そういうエルドスさんはどうなさるおつもりかしら？」

「ワシか？　ワシはシロウの悪だくみに乗ってやるぞい。面白《おもしろ》そうだからのう」

「そうですか。なら――」

ネイさんが立ち上がり、

「満場一致《まんじょういっち》でシロウさんの作戦に乗る、ということですわね」

笑《え》みを浮《う》かべた。

次いで、

「ギルドマスター権限により、これより非常招集をかけますわ！　銀等級以上の冒険者は強制招集。依頼《いらい》を受注中の者も、緊急依頼《きんきゅういらい》を除き一時凍結《とうけつ》。こちらの――対魔族作戦を最優先にしてもらいますわ。エミーユさん！」

「は、はいですぅ！」

「手続きをお願いいたしますわ」

「承知しましたですよぅ」

「そしてシロウさん！」

「はい」

ネイさんは、強く、はっきりと。

「必ずやアイナさんを取り戻しますわよ」

「当然です。俺の命に代えてもアイナちゃんを助け出してみせます」

こうして、俺の立案した作戦の下、アイナちゃん奪還《だっかん》作戦がスタートするのだった。

約束の夜まで、あと三日。

パティが族長を連れてニノリッチに戻ってきたのは、翌日のことだった。

幕間《まくあい》

「食え」

セレスティアはそう言うと、アイナに何かを放り投げた。

どさり、と何かがアイナの前に落ちる。

「ひぃっ」

狼《おおかみ》の後ろ足。

アイナが小さく悲鳴をあげ、びっくりした顔でセレスティアを見つめる。

「食え」

もう一度、セレスティアが言った。

血抜《ちぬ》きもされていなければ、毛皮も剥《は》がされていない。

力任せに引き千切っただけの足だった。

地面に座り込むアイナは、膝に顔を埋《うず》めた。

「いらない」

「シロウとの約束まであと二日ある。只人族《ヒューム》は弱い。子供なら尚更《なおさら》だ。貴様は昨日も何も食べなかった。このまま約束の日まで何も食わずにいたら、貴様のような子供など飢《う》えて死んでしまうぞ」

セレスディアがアイナの隣にやってくる。

身を屈《かが》め狼の後ろ足を拾うと、そのままアイナの顔に近づけた。

「だから食え。シロウが来る日まで貴様には生きて貰《もら》わねばならんからな。さあ」

無理やりにアイナの顔を上げ、血が滴《したた》る狼の足を近づける。

凄《すご》い力だった。

抵抗《ていこう》しようとしたが、アイナの力ではびくともしない。

「お、お肉はなまのままでたべちゃいけないんだよ！」

気づけば声が出ていた。

自分でも驚《おどろ》くほどの、大きな声だった。

口元に迫《せま》っていた生肉が、寸でのところで止まる。

「……そうなのか？」

セレスが訊いてくる。

表情に変化はないが、声音に僅《わず》かな変化があった。

「……う、うん。お肉はね、なまのままたべるとおなかをこわしちゃうんだよ」

「壊《こわ》す？　腹から肉体が崩壊《ほうかい》していくのか？」

セレスディアが冗談を言っている様子はない。

アイナは慌てて否定する。

「ち、ちがうよ。んと……おなかがね、いたくなったりね、げぼしちゃったりするの」

「腹痛に嘔吐《おうと》か。肉も食えぬとは、只人族は難儀《なんぎ》な種族だな」

セレスディアが哀《あわ》れみの目をアイナに向ける。

アイナはその目が、なんだか自分を――自分の大切な人たちをバカにしているように感じてしまった。

だから、つい言い返してしまった。

「お肉はね、やいてからたべるんだよ」

「焼く？」

「そうだよ。もっとおいしくなるんだから」

アイナは立ち上がると、ふんすと気合いを入れる。

セレスディアに「待ってて」と言い、薪《まき》を拾い集め、カバンからマッチを取り出し、火を熾《おこ》す。

ナイフで枝から串《くし》を作り、丁寧《ていねい》に毛皮を剥ぎ、肉を切り分け、串に刺《さ》して炙《あぶ》りはじめた。

「何をしている?」

「ん? 『おりょうり』だよ」

「おりょうり?」

「うん。お姉ちゃんの国には『おりょうり』ないの?」

「少なくとも私の一族にはない技法だな」

「……ごはんはどうしてるの?」

「魔物《まもの》を殺し、肉を喰《く》らう。それだけだ」

「なまのままなの?」

「そうだ」

セレスディアの言葉に、アイナは目を丸くするのだった。


昨日の深夜。

セレスディアに攫われたアイナは、森へと連れてこられた。

怖《こわ》くていっぱい泣いた。いっぱいいっぱい泣いた。

やっと泣き止《や》みかけた頃、殺されるんじゃないかと思い、また泣いた。

けれども後悔《こうかい》はなかった。

自分の妹に——血は繋《つな》がっていないけれど、大切な妹《すあま》のことを守れたからだ。

自分の選択《せんたく》は間違ってない。例え殺されたとしてもだ。

このとき、アイナは覚悟《かくご》を決めたのだ。

覚悟を決めたのだけれど……当のセレスディアには、自分をどうにかするつもりはなかったようだ。

泣きじゃくるアイナを見つめるセレスディア。

慰《なぐさ》めの言葉なんて当然ない。

けれども、不快さ煩《わずら》わしさを口にすることもなかった。

ただじっとアイナを見つめていたのだ。

泣き疲《つか》れて眠《ねむ》ったアイナが起きたときも、セレスディアはじっとアイナのことを見つめていた。

目覚めたとき、辺りには魔物の死骸《しがい》が散らばっていた。

昨夜にはなかった魔物の死骸だ。

セレスディアが自分のことを一晩中守っていた、と気づいたのは、夜になってからだった。

あんなにも泣いていた自分が、いまセレスディアの前で肉を焼いている。料理をしている。

それがなんだか可笑《おか》しくて、アイナはくすりと笑った。

「できたよ」

アイナは焚火《たきび》で炙っていた串焼《くしや》きを手に取る。

カバンから塩の入った瓶《びん》を取り出し、一振《ひとふ》り、二振り。

一つは自分に。もう一つはセレスディアに。

「……なんのつもりだ？」

「やいたお肉。おいしいからたべて」

アイナは串焼きをセレスディアの口元に近づける。

さっきと立場が逆だなと思い、アイナは笑いを堪《こら》えるのが大変だった。

「ん、お姉ちゃんのぶんだよ。たべて」

セレスディアが仕方なく串焼きを口に運ぶ。

「っ……。うまい」

はじめてセレスディアの表情に変化があった。

呆然と串焼きを見つめ、勢いよく齧《かじ》りつく。

アイナはそれ見たことかとほくそ笑み、自分も串焼きを食べるのだった。


「いまのがオリョーリというものか」

「そうだよ。びっくりした？」

「ああ。驚かされた。只人族は肉をあのようにして食うのだな」

「ほかにもね、にこんだり、むしたり、たくさんお肉のたべかたがあるんだよ」

いつの間にかアイナは、セレスディアと打ち解けていた。少しだけだが。

自分でも気づかぬうちに、警戒心《けいかいしん》が薄《うす》くなっていたのだ。

だからアイナは、つい訊いてしまった。

「お姉ちゃん」

「なんだ？」

「んと……」

セレスディアを凝視《ぎょうし》するアイナ。

口を開きかけ、躊躇《ためら》い、懸命《けんめい》に頭の中を整理する。

やがて、ゆっくりと、ひと言ひと言を噛《か》みしめるように、問いかけた。

「どうして、シロウお兄ちゃんがもってた卵がほしいの？」

セレスディアの顔に、苦悩《くのう》が浮かぶ。

「貴様は、あの娘《むすめ》の姉だと言ったな。妹の代わりに自分を連れて行けと、そう私に言ったな？」

「う、うん」

「……」

セレスディアは寂《さび》しそうな、懐《なつ》かしむような顔をした後、こう続けた。

「……私にもな、妹がいるのだ」

第二一話　約束の日

ついに約束の日となった。

空が厚い雲に覆《おお》われた深夜。

「ばーちゃん、聞こえる？」

――にゃん？

「ばーちゃん。ばーちゃんの力が必要なんだ。声が聞こえたら手を貸して欲《ほ》しい」

――ふにゃ～ん。

「……ダメか。ばーちゃんには繋がらない、っと」

アイナちゃんが攫われてから、俺はずっとピース越《ご》しにばーちゃんに呼びかけていた。

けれども、ばーちゃんからの反応はなし。

未《いま》だにピースとの接続は切れたままのようだ。

「やっぱ俺がやるしかないか。よし」

諦めと共に、改めて覚悟が決まった。

俺がアイナちゃんを助けるという、覚悟が。

「にしても『使いの者』さんはいつくるのかな？」

もうかなりいい時間だ。

このままだとうっかり寝《ね》かねないほどの。

そのとき、ピースが顔を上げた。

外から何者かの気配を感じたのだろう。


——にゃーん。


ピースが鳴き声をあげた。

「……やっと来た、ってことかな」

——にゃおん。

椅子《いす》に座《すわ》っていた俺は立ち上がると、ピースが肩に飛び乗ってきた。
カウンターに置いていたリュックを背負い、外へと出る。

——ふしゃーーーっ!!

ピースが威嚇《いかく》しているほうを向くと、

『……』

そこには、人型の黒い靄《もや》が。
見た目はもう完璧《かんぺき》にオバケの類。
事前情報がなければ、悲鳴を上げて逃《に》げ出していた自信があるぞ。
「あ、あなたが……使いの者ですか?」
幽鬼《ゆうき》のように揺《ゆ》らめきながら立っている『使いの者』。
人型の黒い靄がずずずと近づいてきて、俺の顔を覗《のぞ》き込む。
とても怖い。

『タ、マ、ゴ……タ、マ、ゴ』
「ちゃんと持ってるよ」
俺はリュックの口を開き、卵をチラ見せする。
卵（偽《にせ》）を持っていることを確認《かくにん》した人型の靄。
ずずずと移動し、
『ツ、イ、テ、コ、イ……ツ、イ、テ、コ、イ』
と言った。
酷《ひど》く聞き取りにくいし、耳障《みみざわ》りな音だった。
「わかった。セレスさんのところへ案内してくれ」
黒い靄が動き出し、進んでは止まり、また進んでは止まる。
この黒い靄の正体はわからないけれども、俺を案内するつもりはあるようだ。

◇◆◇◆◇

真夜中、人がまったくいない町を抜《ぬ》ける。
森に入ったので懐中《かいちゅう》電灯をつけた。

そこからが長かった。ひたすらに進む。まだ進む。とことん進む。
まさか三時間も歩かされるとは思いもしなかった。
「ねぇ、ま、まだセレスさんのところにつかないの？」
さすがに体力の限界がきて、そう訊いてしまった。
相手はオバケもどき。
答えなんか期待していなかったのだけれども、
『……』
不意に、黒い靄の動きが止まる。
そしてすーっと地面に溶《と》け込むようにして消えてしまった。
「あ、ちょい！　最後まで案内し――」
案内してくれよ、そう言おうとした俺の言葉に、別の声が重なる。
「シロウお兄ちゃん！」
声は後ろから。
反射的に振《ふ》り返る。
そこに、アイナちゃんがいた。
セレスさんに腕《うで》を掴《つか》まれながらも、俺の名を呼ぶアイナちゃんがいた。

「アイナちゃん！　よかった。無事だったんだね。本当に……よかった」

じわりと視界がゆがむ。

いけないいけない。まだ気を緩《ゆる》めてはダメだ。

「シロウお兄ちゃん……」

「アイナちゃん、ケガはしてない？　痛いところとかない？」

「う、うん。アイナはへーき。いたいところも、ケガもしてないよ」

「そうか……うん。もう大丈夫だよ。一緒《いっしょ》に帰ろう」

安心させるように微笑《ほほえ》み、そのまま視線を斜《なな》めに移動する。

セレスさんが俺を見ていた。

赤い瞳《ひとみ》。相も変わらず、感情のない冷徹《れいてつ》な目だった。


——ふぅぅぅっ!!


すべての毛を逆立てたピースが牙《きば》を剥《む》く。

ピースもセレスさんが危険な相手だと、本能で察したのだ。

「約束通り一人で来たようだな。只人族《ヒューム》にしては勇気がある。褒《ほ》めてやろう」

「それはどうも。お褒めにあずかり光栄ですよ」

「肝《きも》の太い奴《やつ》だ。……シロウ、見ての通りだ。この娘には手を出してはいない」

セレスさんはそう言うと、続けて。

「約束は守った。次は貴様が約束を守る番だ。さあ、卵を出せ」

来た！

俺はから唾《つば》を飲み込み、ごくりと喉《のど》を鳴らす。

ここからは些《さ》細《さい》なミスも許されない。

アイナちゃんを救うため、言葉も、表情も、指先の些細な動きに至るまで、全神経を集中しなければいけない。

「わかりました」

背負っていた大型リュックを地面に置く。

リュックの口を開け、慎重《しんちょう》に卵を取り出す。

瞬間《しゅんかん》、

「おぉ……っ」

セレスさんの口から、喜びにも似た声が漏《も》れた。

「それだ！　早くそれをよこせ!!」

催促してくるセレスさんの視線は、卵に釘付《くぎづ》けとなっている。

詩織《しおり》が丸二日徹夜《てつや》して作った、卵のレプリカ。

その完成度は非常に高く、また深夜の——しかも森の中とあって、完全にセレスさんを欺《あざむ》くことに成功していた。

「ア、アイナちゃんを離《はな》すのが先です」

「いいだろう。卵を見つけたいま、この娘に用はない」

セレスさんが掴んでいたアイナちゃんの腕を離す。

そして、ただひと言。

「行け」

「……お姉ちゃん」

「行け、と言っている。貴様はシロウに会いたかったのだろう?」

「う、うん」

「ならば行け。私の気が変わらぬうちにな」

セレスさんが、アイナちゃんの背をどんと押《お》す。

アイナちゃんは押された勢いでよろめき、数歩前へ。

でもそのまま駆《か》け出し——

「シロウお兄ちゃん‼」

俺の胸に飛び込んできた。

「アイナちゃん！」

俺はアイナちゃんを抱《だ》きしめた。

無事を確かめるように、強く、強く。

「シロウお兄ちゃん！　シロウお兄ちゃん！　シロウお兄ちゃん‼」

俺と会えた安心感からだろう。アイナちゃんは俺の名を呼び続けた。

嗚咽《おえつ》を漏らし、何度もしゃくりあげては俺のことを抱きしめる。

「怖い目にあわせてごめんね。でも、もう大丈夫《だいじょうぶ》だから」

「……ん。アイナ、もうへーき」

「強いね」

アイナちゃんの頭を撫《な》でてから、抱き上げる。

そして俺は、セレスさんに顔を向けた。

「約束です。卵は渡します」

アイナちゃんを抱っこしたまま、ゆっくりと後ろに下がっていく。

五メートルほど後ろに下がったところで、セレスさんが卵を拾いに動いた。

詩織が四七時間ぶっ続けで制作した卵のレプリカは、見ただけでは偽物とわからない。

けれども――

「……」

セレスさんが卵を拾い上げる。

「っ⁉」

瞬間、怒《おこ》り顔《がお》を歪《ゆが》めた。

「貴様！　これは偽物だなっ！」

いきなりバレた。

詩織が作った卵のレプリカは、見た目は完全にコピーできている。けれどもしょせんはハリボテ。

軽いから、持ってみるとすぐ偽物だってわかるんだよね。

「うぁぁぁぁぁああああっっっ‼」

セレスさんが憤怒《ふんど》の叫《さけ》びをあげた。両腕《りょううで》がミシミシと音を立てて膨張《ぼうちょう》していき、黒く、太く、鋭《するど》い爪《つめ》を持つ腕へと変わっていく。

セレスさんの胴体《どうたい》に変化はない。

なのに、腕だけが異形へと変化した。

「約束を違《たが》えたな！　タダでは済まさんぞ!!」

詩織の二徹《にてつ》した成果物が、ぐしゃりと潰《つぶ》される。

怒《いか》りの形相となったセレスさんが叫び、異形の腕を振るおうとしたそのとき――

「タダで済まないのは、お、お前のほうだぞっ！」

俺《おれ》のリュックから、小さな影《かげ》が飛び出してきた。

「パティちゃん！」

小さな影の正体はパティ。

パティは体が小さいことを活《い》かし、こっそりとリュックに身を隠《かく》していたのだ。

「アイナ！　あたいが来たからにはもう大丈夫だからなっ！」

パティはアイナちゃんを安心させるように笑ったあと、セレスさんを睨《にら》みつけた。

「お前！　よ、よくもアイナに酷いことをしたなっ！」

「妖精族《ようせい》……？　なぜ妖精族が只人族を庇《かば》う？」

「シロウもアイナもあたいの子分だからだっ！」

「何を言っている？　よくわからんが……貴様が私の敵であることはわかった。邪魔《じゃま》をするのなら排除《はいじょ》するまでだ」

「ふ、ふん！　やっつけられるのはお前のほうだぞっ！」

パティが人差し指をセレスさんに向ける。

「どーーーんっ!!」

瞬間、雷光《らいこう》が走った。

パティの発した、「どーーーんっ!!」。

ただそのひと言で稲光《いなびかり》と共に天から雷《かみなり》が落ち、光りの奔流《ほんりゅう》がセレスさんに降り注ぐ。

「ぐうぅっ。圧縮詠唱《えいしょう》……だと？」

パティの「どーーん！」を受けたセレスさんが膝《ひざ》をつく。

奇襲《きしゅう》に成功。だが、これで終わりではなかった。

「どっかーーーんっ!!」

パティが追撃《ついげき》を放ち、セレスさんを中心に大爆発《だいばくはつ》が起きた。

「くはっ⁉」

パティが遠慮《えんりょ》なしに放った攻撃魔法《こうげきまほう》だ。

爆発の中心地にいたセレスさんは、木々をへし折りながら後方へと吹《ふ》き飛ばされる。

俺たちとセレスさんの間に十分な距離《きょり》が生まれた。

ここまでは作戦通り。となれば次にやるべきことも決まっている。

「シロウいまだ!!」

――にゃーん！


ピースが俺の肩《かた》に、パティが頭にしがみつく。

「あいよ親分！」

こんどは俺の番だった。

俺は背後に襖《ふすま》を呼び出す。

襖の取っ手に手をかけ、アイナちゃんを抱《かか》え直す。

「行くよアイナちゃん」

「え？　え？」

戸惑《とまど》うアイナちゃんを抱えたまま、

「逃げるが勝ちってねっ!!」

襖を開け、中へと飛び込むのだった。

第二二話　グランド・エスケープ大作戦

「……怖かった。マジで怖かった。今回はガチで寿命《じゅみょう》が縮んだ自信があるぞ」

右肩《みぎかた》にはピース。

頭の上にはパティ。

腕に抱えるはアイナちゃん。

そして逃げ込んだ先は――

「シロウお兄ちゃん、ここ……どこ？　アイナたち、さっきまで森にいたのに……？」

ばーちゃんの家の仏間だった。

そうなのだ。俺の持つ切り札中の切り札、ばーちゃん家《ち》への帰宅。

今回はアイナちゃんの命を守るため、迷うことなく切らせて貰った次第《しだい》だ。

「ここはね、俺のばーちゃんの家なんだ」

そう答えると、アイナちゃんがきょとんとした。

仏間を見渡《みわた》すアイナちゃん。

天井《てんじょう》を見て、畳《たたみ》を見て、カーテンが閉まった窓を見て、ダブルピースするばーちゃんの写真が飾《かざ》られた仏壇《ぶつだん》を見て、最後に俺の顔を見る。

「シロウお兄ちゃんの……おばあちゃん？　え？　え？　このお家《うち》は、まじょ《魔女》のお姉ちゃんのお家なの？」

「そうだよ。一応、俺がばーちゃんから受け継《つ》いだ家になるのかな？」

ばーちゃんは健在だけれど、戸籍《こせき》上は死亡扱《あつか》い。

この家の名義はいま俺だから、間違《まちが》ってはないはずだ。

「じゃ、じゃあシロウお兄ちゃん、ここは――」

アイナちゃんが何か言いかけたところで、

「シロウのばーばだとっ!?　お、おいシロウ！　ならここは『魔女の国』なのかっ？　そうなのかっ!?　そうなんだろっ!!」

パティが割り込んできた。

そういえばパティには、転移で逃げ込む先がどこなのか教えていなかったっけ。

以前、二人にはばーちゃんの家から店の二階にログインするところを見られている。

あのときは誤魔化《ごまか》すことができたけれど、二人はこっちの世界《日本》のことを『魔女の国』と呼び、強い興味を持っているのだ。

「どうなんだシロウっ？　答えろよ！　お、親分の命令だぞ！　親分の命令はぜったー――」

「待って親分」

えっへんと訊《き》いてくるパティ。

俺は片手をあげ、続くパティの言葉を止める。

「親分、アイナちゃんは無事に救出できた。でもさ、作戦はまだ続いてるんだよ？」

「うっ……。そ、それはそーだけどさ」

「ここがどこなのか、そんなことよりもいまは作戦を成功させることに集中しなきゃだよ。でしょ？」

「っ……。わ、わかってるよ。作戦だろ？　作戦！　いまは作戦をユーセンってヤツなんだろっ」

「そゆこと。さっすが親分。状況《じょうきょう》の理解が早いね」

壁《かべ》かけ時計をちらり。時刻は二時二二分。

パティが落とした魔法《まほう》の雷は向こうからでも見えたはずだ。

だからたぶん、もうすぐ。

そのときだった。

「にぃに生きてる～？」

「兄ちゃん無事っ？」

襖が開かれ、押入《おしい》れから詩織と沙織《さおり》が飛び出してきた。

「え？　え？」

この状況にアイナちゃんはぽかん。

事前に作戦を説明したとはいえ、パティも驚き顔。

ただ、ピースだけは。


——にゃ〜ん。

いつも通りだった。

◇◆◇◆◇

「みんな無事でよかったよ〜」

仏間へと戻《もど》ってきた妹たち。

詩織はアイナちゃんの姿を見るなり、がばちょと抱きつき、

「アイナちゃん、無事でよかったよ〜」

自分のほっぺをアイナちゃんのほっぺにくっつけ、再会に涙《なみだ》していた。

「あの魔族《まぞく》に酷いことされなかった〜？　ちゃんとご飯もらえてた〜？」

「う、うん。……セレスお姉ちゃんね、アイナにひどいことしなかったよ」

「よかった〜」

再びがばちょ。ほっぺをすりすり。

アイナちゃんは困ったような顔をしながらも、詩織の愛情を受け止めていた。

「兄ちゃんにしてはぐっじょぶだね！」

俺の背中を、沙織がバシンと叩《たた》く。

「痛い！」

涙目になって振り返れば、沙織も涙目だった。

強がりで意地っ張りな沙織だけれど、家族や仲間への情は人一倍強い。

アイナちゃんの無事。詩織との抱擁《ほうよう》。

それを見て、込み上げてくるものがあったんだろう。

「さんきゅ。でも親分がいてくれたおかげだよ。親分がいてくれたから、ここまで逃げて

これたんだよ。ありがとね、親分」

「ま、まーな！　あたいがいなきゃ、シロウはあの魔族に殺されてただろうからな！」

「だろーねー」

「で、でも作戦を考えたのはシロウだからな。う、うん。シロウもいなきゃ、アイナは助け出せなかったぞ。シロウ、よくやった。親分であるあたいが褒めてやる！」

　パティの顔が赤くなる。

　照れているのだ。

「みんなのおかげだよ。それより沙織、そっちはどう？」

　俺の質問に、沙織は親指を突《つ》き立てる。

「バッチリだよ！」

「そうか。なら……アイナちゃん、」

「ん？」

　詩織の抱擁から解放されたアイナちゃんが、こちらを向く。

「俺は、これからすあまを本当の親のところへ返してくるんだ」

「スーちゃんを……おかーさんのところに？」

「そう。アイナちゃんはどうする？　疲れてるだろうから、ここで待っててもいいよ」

セレスさんに捕《つか》まっていたアイナちゃん。

三日間も捕まっていたんだ。さすがにやつれた顔をしていた。

なのに――

「アイナも行く！」

迷いなんて、一切《いっさい》なかった。

アイナちゃんの瞳に、強い意志が宿る。

「シロウお兄ちゃん、アイナもつれていって！　おねがい！」

「そっか。アイナちゃんはすあまのお姉ちゃんだもんね」

「うん。アイナ、スーちゃんのお姉ちゃんだもん」

アイナちゃんが得意げに胸を張る。

パティの真似《まね》をして。えっへんと。

「だよね。……ん、よし。一緒に行こう！」

詩織と沙織を見つめる。

二人も俺を見つめ返してくる。

そして、

「詩織、沙織、頼《たの》む」

「おっけ～。じゃあ行くよ～」

「行くよ兄ちゃん！」

二人は、同時に襖を開けた。

◇◆◇◆◇

ばーちゃんの家と異世界が繋《つな》がり、押入れを抜けると――

「ぱぅぱぁ！　あいにゃー！」

森の中で、すあまが俺たちを待っていた。

「え？　え？　スーちゃん？」

「あいにゃー！」

すあまがアイナちゃんに抱きつく。

アイナちゃんはすあまを抱きしめる。

感動の再会だ。

「スーちゃん……スーちゃん！」

アイナちゃんは目に涙を浮《う》かべ、再会を喜んでいた。

そんな光景にジーンときていると、

「やっと来たかあんちゃん」

ライヤーさんが話しかけてきた。

いや、ライヤーさんだけではない。

「シロウさんたち兄妹《きょうだい》は、本当に転移魔法を使えますのね」

「シロウ殿《どの》には驚《おどろ》かされてばかりですな」

「…………失われし魔法の一つ。いつか教えて欲しい」

「ボクもー！　ボクも教えてほしーにゃ！」

『蒼《あお》い閃光《せんこう》』。ネイさん。

森には、他《ほか》にもたくさんの冒険者《ぼうけんしゃ》が俺たちを待っていた。

「えーっと。転移魔法についてはこんど時間があるときにでも。それよりいまは——」

冒険者たちから僅《わず》かに距離を置き、こちらを傍観《ぼうかん》している物理的に小さな老人。

俺はその小さな老人に——もう一人の妖精族に近づく。

「族長さん。ご協力感謝します。不滅竜《ふめつりゅう》の住処《すみか》への案内、よろしくお願いしますね」

もう一人の妖精族。

それは不滅竜の住処を知る、妖精族の族長だった。

◇◆◇◆◇

俺の考えた、グランド・エスケープ大作戦。

概要《がいよう》はこうだ。

異世界《ルファルティオ》とばーちゃんの家の仏間を行き来できる、尼田《あまた》三兄妹。

俺はこの秘密を仲間たちに打ち明けた。

『いままで黙《だま》ってましたが。俺、いつでも不滅《ふめつ》の魔女の家に行くことが出来るんですよね』

もちろん、ばーちゃんの家がみんなにとっての異世界《日本》にあることは伏《ふ》せてある。

あくまでばーちゃんの――つまり、『不滅の魔女の家』に行き来できるだけの能力《スキル》だと伝えておいた。

みんな半信半疑だったけれど、俺が不滅の魔女の孫であることと、なにより目の前で実《じっ》践《せん》して見せたことが大きかったようだ。

最後には全員が信じてくれた。

異世界のどこにいようと、自分のタイミングでいつでもばーちゃんの家に転移することができる。

不滅竜の住処への案内人として、パティが族長《おじいさん》を連れてきてくれたことも幸いした。

俺はこれらを最大限活かし、作戦を練り上げる。


まず先行してネイさん、『蒼い閃光』、その他上級冒険者たちが、すあまと沙織を護衛しながら森に入る。

目指す先は不滅竜の住処。先導するのは妖精族の族長で、パティの祖父である『じーじ』だ。

住処までは、ニノリッチから徒歩で四日ほどの距離らしい。

それに並行して、美術部に籍《せき》を置く詩織がその実力を遺憾《いかん》なく発揮し、卵のレプリカを制作。

レプリカ卵の完成後は、迎《むか》えに来た沙織と合流し、森を進む。

俺は魔族の監視《かんし》を想定し、秘密兵器であるパティと共にニノリッチに留《とど》まった。

なんとかアイナちゃんの救出に成功した、俺とパティ。

ばーちゃんの家を経由して、不滅竜の住処へ先行していた沙織たちと合流を果たしたわけだ。
我ながら、よく思いついたと褒めてやりたい。
セレスさんたち魔族を、完全に出し抜くことができた。
あとは不滅竜の住処へ行き、母竜《ははりゅう》へすあまをお返しすれば作戦成功だ。
ちなみにエルドスさんには、他の冒険者たちと町の防衛に就《つ》いてもらっている。
理由は二つ。
一つは逆上した魔族たちが町へ仕返しするのを警戒《けいかい》したため。
そしてもう一つは、なんと言うか……エルドスさんでは、作戦に不向きだったのだ。
ドワーフは、ずんぐりむっくりとした体型の人が多い。
エルドスさんも例に漏れず、バッキバキな筋肉でずんぐりむっくりとしている。
今回の作戦はスピードが大事。
ドワーフであるエルドスさんでは、どうしてもスピードが足りなかったのだ。
エルドスさんは一緒に行くと言ってくれたが、町の防衛も同じぐらい大事。
そのことを強く説明すると、最後には納得《なっとく》したうえで防衛に就いてくれた。
「兄ちゃん！　すあまのママがいるとこまであと一日ぐらいだって！」
「もうそんなに進んだの？　凄《すご》いね」

町を出て、まだ二日半しか経《た》っていない。

なのに、四日の距離をあと一日にまで縮めたらしい。

睡眠《すいみん》時間を削《けず》って森を進んだからだろう。

沙織の顔を見る。明らかに疲労《ひろう》の色が濃《こ》い。

それなのに沙織は、

「兄ちゃん、朝になったら出発するから覚悟《かくご》しておけよ。キョーコーグンになるからね！」

笑っていた。

俺とすあまの――家族のために、沙織は意地を張って強がっていた。

俺は、それがたまらなく嬉《うれ》しかった。

第二三話　追手

「そろそろ出発しますわよ」

ネイさんがそう言ったのは、日が昇《のぼ》る前のことだった。

「……まるで眠《ねむ》れなかった」

むくりと上体を起こす。

セレスさんとの対峙《たいじ》。

アイナちゃんの救出。

昨夜の……というか、ほんの数時間前か。数時間前の出来事で気が昂《たか》ぶってしまったんだろう。

みんなが寝《ね》静《しず》まっても俺だけが興奮冷めやらず、一睡《いっすい》もしないまま朝を迎えてしまった。

「兄ちゃん、辛《つら》かったらおばあちゃん家で休んでてもいいよ。あたしが迎えに行ったげるからさ」

ちょっとしか寝《ね》ていないはずなのに、沙織《さおり》は元気だった。

陸上部のエースだからか。それとも若いからか。

どちらにせよ、その元気を分けて欲《ほ》しい。

「バカを言うな。俺の考えた作戦だぞ？　最後まで見届ける責任が俺にはあるの」

「そんなこと言って、ムリして倒《たお》れたりしないでよ？　妹として恥《は》ずかしいからさ」

「兄の威厳《いげん》にかけて、最後まで立ってみせるさ」

「うん。あたしも最後までがんばる！」

「がんばれ。そんで手はじめに詩織《しおり》ちゃんを起こしてやって」

沙織の足下《あしもと》には、詩織がスピスピと鼻を鳴らし眠っている。

朝が弱い詩織にとって、太陽が昇る前に起床《きしよう》するのは人生で初だろうな。

「じゃあ兄ちゃんは、アイナちゃんとすあまを起こしてね」

「わかってるよ。アイナちゃん、起きて」

「ん……」

すあまとくっつくようにして寝ていたアイナちゃんが、ゆっくり目を開ける。

「おはよう。と言ってもまだ暗いけど。もう出発するみたいなんだ。起きれる？」

「ん」

寝ぼけ眼《まなこ》をこすり、体を起こすアイナちゃん。

続いてすあまも起こし、

「……ぱうぱぁ？」

よいしょとおんぶする。一瞬《いっしゅん》だけ起きたすあまだけれど、おんぶしたら寝息《ねいき》が聞こえてきた。

また眠ってしまったのだ。

「ふわぁ……はぁ。にぃにおはよ～」

沙織に起こされた詩織が、大きな欠伸《あくび》をする。

目がしょぼしょぼしているけれど、疲《つか》れている様子はない。

ちょっと寝ただけで完全回復するなんて、十代恐《おそ》るべし。

「おはよう詩織ちゃん。いきなりだけど、もう出発するみたい」

詩織に笑いかけ、そのまま視線をネイさんに移動する。

釣《つ》られた詩織と沙織も、ネイさんに視線を向けた。

ネイさんが周囲を見回す。荷造りを終えた冒険者たちが、ネイさんの言葉を待っていた。

準備が整ったことを確認《かくにん》したネイさん。

すぅと息を吸い込み、号令を発する。

「出発しますわ！」

◇◆◇◆◇

強行軍とは聞いていたけれど、予想を超《こ》える強行軍だった。

すあまを背負って進む俺は、頭に乗っているパティすら重いと感じたほどだ。

いつもはアイナちゃんの肩に乗っているピースだが、今日はさすがに気を遣《つか》ったのか、自分で歩いていた。

休憩《きゅうけい》することなくひたすらに妖精族の族長、じーじさんのあとをついていく。

流れが速い川を渡《わた》り、谷底が見えないほど深い崖《がけ》をギリギリで超え、食獣《しょくじゅう》植物の群生地を斬《き》り払《はら》いながら進む。

山を越《こ》え谷を越え、また山を登る。

ロルフさんによる身体能力を上げる魔法と回復魔法がなければ、俺もアイナちゃんも絶対ついていくことができなかっただろう。

そして、歩き続けること半日。

太陽が沈《しず》みはじめたころ、遂《つい》に不滅竜の住処が見えてきた。

「あそこだ。あの遺跡《いせき》に不滅竜がおる」

山の頂から、族長が麓《ふもと》を指し示す。

指し示した先にあるのは遺跡だった。

蔓植物《つるしょくぶつ》に覆《おお》われていて、ひと目見ただけじゃわからない。

けれど確かに石材を積み上げた遺跡がそこにあった。

「ダンジョンにしちゃあ小せぇな」

隣《となり》に来たライヤーさんが、遺跡を見下ろしながら呟《つぶや》く。

呟きが聞こえたのだろう。

「あの遺跡は不滅竜を祭る祭壇《さいだん》だったのだ。だが、いつからか祭る者がいなくなってな。いまじゃ不滅竜が己《おのれ》の巣として使っておるのよ」

訊いてもいないのに、族長さんが勝手に説明してくれた。

そして説明し終わったあと、

「役目は果たした。ここらで帰らせてもらおう」

「じーじ、一人で、だ、大丈夫なのかっ？　ちゃんと里まで帰れるのかっ？」

「パティ、お主ほどの威力《いりょく》ではないにしても魔法は使える。里へ帰るぐらい問題ではない」

「そ、そうかっ」

「うむ。では、な。パティ、たまには里へ戻ってくるのだぞ」

パティの心配を他所に、族長さんは帰っていってしまった。

見かけによらず自由な人だな。

パティと血がつながっているからだろうか。

「じゃあな、じぃ――族長！」

パティはちょっと名残惜《なごりお》しそうにしながらも、族長さんを見送っていた。

◇◆◇◆◇

「山を下りればすぐですね。ネイさん、どうします？」

指揮するネイさんに訊いてみる。

もうすぐ夜が来る。けれども、目的地はすぐそこだ。

判断に迷う場面。

ネイさんの下した決断は――

「いつ魔族の追手が来るとも限りませんわ。目指すべき場所が見えたんですもの。このまま進みますわよ」

強行軍を続行することだった。

「みなさん、ランタンの準備を。魔法使《まほうつか》いは明かりの魔法もお願いしますわ」

冒険者たちが荷物からランタンを取り出していく。

突然《とつぜん》パティが空を見上げたのはそんな時だ。

茜色《あかねいろ》の空を、険しい顔で見つめるパティ。

「親分、どうかした？」

「しーっ。静かにしろシロウ」

親分は空を見つめたまま、しーっとした。

黙って待つこと三十秒ばかり。

パティは険しい顔のまま、

「あっちから強い魔力《マナ》を持ったヤツが近づいてくる。たぶん、昨日の魔族だ」

セレスさんがこちらに近づいてきている。

これに反応したのはネイさんとネスカさんだった。

「パティさん、勘違《かんちが》いではありませんわよね？」

「か、勘違いなもんか！　あたいが間違えるわけがないだろっ。昨日のヤツと同じ魔力を感じるんだよ！」

「…………ギルドマスター、パティは他者の魔力を認識《にんしき》することができる。今まで、一度も間違えたことがない」

「そうですか。困りましたわね」

「…………パティ、魔族はどれぐらいで追いつきそう？」

「アイツは空を飛んでるぞ！　すぐにここへやってくるぞ！」

パティの言葉を聞いたネイさんの決断は早かった。

「みなさん、戦闘《せんとう》準備を！　ここで魔族を迎え撃《う》ちますわよ!!」

「「「おうっ!!」」」

ネイさんの指示に冒険者たちが応《こた》える。

「わたくしたちはここで魔族を足止めしますわ。シロウさんは、」

ネイさんはぴんと伸《の》ばした指先で遺跡を指し、言葉を続ける。

「すあまさんを連れ、妹さんたちと共に遺跡を目指してくださいな」

「ネイさん……」

「シロウさんたちがいては戦いに集中できませんわ。誰《だれ》かを守りながら剣《けん》を振《ふ》るうのは、とても難しいことなんですのよ」

「っ……」

言葉に詰《つ》まる俺《おれ》の肩に、ライヤーさんがぽんと手を置く。

「ギルマスの言う通りだぜあんちゃん。あんちゃんたちはこのまま遺跡を目指せ。なーに心配すんな。キルファをつけてやる。それに、あんちゃんの親分も一緒《いっしょ》なんだろ？」

「あ、あたり前だろ！　あたいはシロウとアイナの親分なんだぞ！」

「そうだ。あんちゃんには頼《たよ》りになる親分さまがいんだ。おれたちがいなくても大丈夫《だいじょうぶ》だ。キルファ、あんちゃんたちを任せたぞ」

ライヤーさんの言葉に、キルファさんが頷《うなず》く。

『蒼い閃光』との付き合いもそこそこ長くなってきた。だから言わなくてもわかる。

遺跡に罠《わな》があるかもしれない。

そのことを考慮《こうりよ》して、ライヤーさんはキルファさんを俺たちに同行させたのだ。欠かすことのできなパーティメンバーを、俺のために預けてくれたのだ。

「ボクが絶対にみんなを遺跡まで連れて行くにゃ。だからライヤー……ネスカとロルフも。死んだら許さにゃいんだからねっ」

「へっ。こんなとこで死ぬかよ。この仕事が終わったらあんちゃんに旨《うま》い酒を奢《おご》らせんだからな」

そう言うと、ライヤーさんはにやりと笑った。

ここ最近で一番かっこいいライヤーさんだった。

なのに俺の後ろでは、

「さおりん聞いた～？　いまのってフラグだよね～？」

「うん。死亡ふらぐとかゆーやつだね。あのカッコいーお兄さん死んじゃうかもしれないね」

詩織と沙織が、不吉《ふきつ》な話をこしょこしょと。

これはこんど説教しないとだな。

うん。この冒険《ぼうけん》が終わったら説教だ。

みんながいる前で。兄として思い切り説教してやる。

「うっし！」

俺は気合を入れ、自分のほっぺを叩く。

「アイナちゃん、行ける？」

「ん！」

「親分は？」

「あたいをバカにしてるのかっ？　いつでもいけるぞ！」

「ピース、ついてこれるな？」

——にゃーん。


「詩織ちゃん、沙織、ばーちゃん家に避難《ひなん》しててもいいんだよ？」

「兄ちゃんこそ、冗談《じょうだん》は顔だけにしてよね！」

「にぃに、寝言《ねごと》は寝てから言ってね～」

「ひどい！　でも二人の覚悟はわかったよ」

すあまを背負い直す。ぶっちゃけ体力の限界が近い。

それでも俺は、こちらを窺《うかが》っていたキルファさんに頷いてみせた。

キルファさんも頷き返す。

「ボクについてくるにゃ！」

山を駆《か》け降《お》りるキルファさんの背を、無我夢中《むがむちゅう》で追いかける。

後方から爆発音《ばくはつおん》が、間髪《かんはつ》を容《い》れずに怒声《どせい》が聞こえてきたのは、しばらく経ってからだった。

幕間《まくあい》

「弱いな」

腕《うで》を、足を、体を異形へと変えたセレスディア。

その周囲には、冒険者たちが地に伏していた。

「ちっく……しょうが。な、なんて……強さだ」

半ばから折れた剣を支えに、ライヤーが体を起こす。

しかし──

「弱者が足掻《あが》くな」

「がはぁっ⁉」

セレスディアの臀部《でんぶ》から伸びる、大蛇《だいじゃ》のような尾《お》が振るわれた。

ライヤーが地面と水平に飛んでいき、木へと叩きつけられる。

隔絶《かくぜつ》した強さだった。

銀等級の冒険者が二一名。

金等級の冒険者が三名。

王国の騎士団《きしだん》ですら圧倒《あっとう》する戦力が、セレスディア一人に蹂躙《じゅうりん》されていた。

「煩《わずら》わせるな。シロウは――不滅竜の卵はどこにある？」

「…………知らない」

ネスカがセレスディアを睨《にら》みつけた。

体のあちこちが痛いし、魔力も尽《つ》き欠けている。

もう、第一位階の火球《ファイアボール》ですら使えない。

それでも――

「…………知っていたとしても、あなたに教えるわけがない」

それでも、心は折れていなかった。

「嫌《きら》われたものだな」

セレスディアが無造作に異形の腕を振るう。

指先から伸びる鉤爪《かぎつめ》がネスカに迫《せま》る。

「ネスカ殿‼」

間一髪《かんいっぱつ》だった。

ロルフが体を投げ出す。

ネスカを抱《だ》きかかえ、押《お》し倒すようにして地面を転がる。

鉤爪はロルフの肩《かた》を掠《かす》めるだけに留まった。

「………ロルフ、ありがとう」

「感謝なら生き残った後で受けましょう」

「………わかった」

ネスカとロルフが、互《たが》いに支え合う。

まともに動ける冒険者など、もう一人もいなかった。

金等級の冒険者ですら敗れたのだ。

どうあっても、目の前の魔族に勝つことなどできない。

「正直、驚いたぞ」

セレスディアの言葉に反応したのは、傷だらけのネイだった。

「あら、魔族でも驚くことが……あるんですのね」

無理やり体を起こしたネイ。

右腕《みぎうで》がねじ曲がっている。でも、左腕《ひだりうで》はまだ動く。

剣を拾い、なんとか立ち上がる。

「ひょっとして、わたくしの美しさに驚いたのかしら？」

「またそれか。戦士は強さこそがすべて。美醜《びしゅう》など関係なかろう」

「寂《さび》しいことを言いますわね。わたくしほどではないにせよ、貴女《あなた》もそれなりに見目の良い顔立ちをしていますのに」

「よく口が回るな。只人族《ヒューム》では口の回る者が戦士長に選ばれるのか？」

「貴女の口数が少ないだけですわ。それで、なにに驚いたのかしら？　参考までに聞かせてもらいたいものですわね」

「貴様たち只人族の強情《ごうじょう》さに、だ。弱者でありながら強者に従わず、こうも強情だとはな。驚いたぞ」

セレスディアは、只人族が『魔族《まぞく》』と呼ぶ一六種族のうちの一つ、魔人族だ。

魔人族は強者こそが絶対であり、弱者は強者の庇護《ひご》下になければ生きることすら赦《ゆる》されない。

魔人族のセレスディアにとって、只人族は不可解な種族だった。

「何故《なぜ》まだ立ち上がる。何故まだ戦おうとする？」

セレスディアの問いに、ネイの口元が少し緩《ゆる》み、僅かに弧《こ》を描《えが》く。

「意地、信念、友誼《ゆうぎ》。どうぞお好きな言葉で納得なさってくださいな」

「どれも理解できぬ。……聞け、只人族の戦士長よ」

「なにかしら？」

「貴様ほどの戦士なら既《すで》に気づいているのだろう？　私が貴様らを殺さぬよう、加減していることに」

「……」

正直、ネイは気づいていた。

地に伏す冒険者たち。

皆《みな》、立てぬほどの傷を負ってはいるが、命を失うほどではない。

寸でのところで、手心を加えられていたからだ。

「元より、私に只人族と争う気などなかったのだ。貴様たちの命も奪《うば》うつもりはない」

「……それで？」

「私はただ不滅竜の卵を求めているだけだ。卵が私の手に戻《もど》るのなら、この地より去ることを誓《ちか》おう」

——刻《とき》は十分に稼《かせ》げただろう。すあまも母竜の下へ還《かえ》っているはず。

「それは本当ですの？」

「暗黒神ドゥムオズに誓って」

――不滅竜の成竜が相手では、目の前の魔族でも手出しはできない。


「……わかりましたわ」

ネイは剣を鞘《さや》に納め、髪《かみ》をかき上げる。

優雅《ゆうが》に、勝ち誇《ほこ》るように。

「ですが残念ですわ。不滅竜の卵なら、もう親御《おやご》さんの下へ送り届けられたころでしょうから」

「……オヤゴ？　なんだそれは」

「うふふ。卵の生みの親……母竜のことですわ」

セレスディアがぽかんとする。

だが――

「母竜……だと？　いま母竜と言ったか？　…………くくく。くはっ！　はーーーーっはっはっは!!」

セレスディアは体を震《ふる》わせて笑った。

そんなセレスディアを見て、ネイが眉《まゆ》をひそめる。

「なにが……可笑《おか》しいんですの？」

「これが笑わずにいられるか。貴様は母竜と言ったな。くく……知らぬとは残酷《ざんこく》なこと
だな、只人族の戦士長よ」

セレスディアの続く言葉は、ネイを絶望させるには十分だった。

「あれの母竜など、とうの昔に死んでいたぞ」

第二四話　母ドラゴン

遺跡に罠の類は一切《いっさい》なかった。

キルファさんを先頭に通路を進み、だだっ広い一室へと出る。

その中心に設けられた祭壇。

そこに不滅竜はいた。

「ウソ……だろ？」

不滅竜の、不滅竜だったものが、骨だけの姿となってそこに眠っていた。

すあまはずっとこの場所に来たがっていた。

だから俺は、ここに来ればすあまの親が——母ドラゴンがいると信じていた。

なのに、やっと辿《たど》り着いたこの場所が不滅竜の墓所でしかなかったなんて……。

「シロウお兄ちゃん、あのほねが……スーちゃんのおかーさんなのかな？」

アイナちゃんが訊《き》いてくる。

「それは……」

答えに詰まってしまう。

その時だった。

「あぃ」

おんぶされていたすあまが、俺の背から降りた。

とてとてと祭壇に近づき、不滅竜《ふめつりゅう》の亡骸《なきがら》を見上げる。

そして、すあまは――

「まぅまぁ」

母を呼んだ。

「まぅまぁ」

「……すあま」

「まぅまぁ……まうまぁ！」

母を呼ぶすあまの目に涙《なみだ》が溜《た》まる。

しばらくして、金色の瞳《ひとみ》から涙が零《こぼ》れ落ちた。

「まぅまぁ……」

すあまの体が光り出し、ドラゴンの姿へと変わる。

子犬のような姿。

背中から伸びる小さな羽を広げ、亡骸となった母ドラゴンのそばへ飛んでいく。

『ピィィィ……』

切なくて、胸が痛くなるような鳴き声だった。

『キュピィィ。キュピィィィ』

すあまが母竜の頭蓋骨《ずがいこつ》に頬《ほお》を寄せる。

頬を寄せ、哀《かな》しみの声をあげていた。

「スーちゃん……」

アイナちゃんの目にも涙が浮《う》かぶ。

いや、アイナちゃんだけではない。

詩織《しおり》と沙織《さおり》の目にも、俺の肩に立つパティやキルファさんの目にも涙が浮かんでいた。

「すあ」

背後から声をかけられたのは、そんなときだ。

「そうか。不滅竜の子は既に卵から孵《かえ》っていたのだな」

全身がぞくりとした。

背後を振り返る。

そこには――

「見つけたぞシロウ。貴様も、不滅竜の子もな」

全身を返り血で染め上げたセレスさんが、立っていた。

◇◆◇◆◇

「卵を持って来なかった理由はこれか。まさか卵が孵っていたとは、な。予想もしていなかったぞ」

ゆらりと、幽鬼《ゆうき》のように近づいてくるセレスさん。

その背後には、部下らしき者たちの姿も。

「……む？」

セレスさんたちの前に、キルファさんが阻《はば》むようにして立つ。

「獣人、貴様に用はない。そこをどけ」

キルファさんの肩が、わなわなと震えはじめる。

「……を…………にゃ」

「なんだ？」

「ボクの仲間を、どうしたにゃ？」

キルファさんからの問いを受け、セレスさんがため息をつく。

「それを言う必要があるか？　私がここにいる。それこそが答えだ」

瞬間《しゅんかん》――


「んにゃあああぁぁぁぁぁぁぁあああっ!!」

キルファさんが駆け出した。

小剣を逆手に握《にぎ》り、セレスさんに突《つ》き立てようとして――

「邪魔《じゃま》だ」

石畳《いしだたみ》に叩《たた》きつけられた。

異形へと変化した腕が、ハンマーのように振り下ろされたのだ。

「キルファさん！」

「……」

キルファさんは答えない。

それどころかピクリともしていない。

まさか殺されてしまったのか？

そんな俺の不安を感じ取ったのだろう。

「安心しろ。獣人はこの程度では死なんよ」

セレスさんはそう言うと、キルファさんを踏《ふ》みつけてこちらへと近づいてくる。


——ヤバイ。


気づけば俺は叫《さけ》んでいた。

「詩織！　沙織！　すあまとアイナちゃんを連れて逃《に》げ——」

「もう逃がしはしない」

セレスさんの腕が伸びる。言葉の通りに腕が伸びたのだ。

右腕が触手《しょくしゅ》のように変化し、伸び、すあまを絡《から》め取る。

『ピィィ!?』

すあまに絡みつく触手が縮みはじめた。

腕が元に戻ると、すあまはセレスさんに捕《つか》まっていた。

ほんの一瞬の出来事だった。

「すあま！」

「やっと……手にしたぞ」

笑《え》みを浮かべるセレスさん。

気づけば俺は駆けだしていた。

「ちっくしょう!!　あああぁぁぁぁっ!!」

すあまを救い出そうと、必死に手を伸ばす。

しかし――

「無駄《むだ》だ」

「がはぁっ!?」

セレスさんが、羽虫を払うように手を振るう。

たったそれだけで簡単に。本当に簡単に俺は吹《ふ》っ飛ばされてしまった。

石畳を何度も転がり、壁《かべ》にぶつかる。

「シロウお兄ちゃん！」

「ダメだよアイナちゃんっ」

「行っちゃだめ～」

俺のところへ駆け出そうとするアイナちゃんを、詩織と沙織が押しとどめる。

代わりに飛んで来たのはパティだった。

「シロウ‼」

飛んで来たパティが、俺の頬をペチペチと叩く。

「だ、大丈夫かシロウ！　生きてるかっ⁉　い、生きてるよなっ？」

「おや……ぶん。だ、だいじょう……ぶ」

呼吸をするのが辛《つら》い。

あばらもズキズキと痛む。

でもド根性《こんじょう》で立ち上がり、セレスさんを睨みつける。

俺の隣では、パティもセレスさんを睨みつけていた。

「安心しろシロウ！　あんな連中、あたいがやっつけてやるからな！」

パティの膝《ひざ》が震えている。

怖《こわ》いのだ。パティも。目の前のセレスさんが。

「フッ」

パティを見たセレスさんが鼻を鳴らした。

次いで、すあまを背後にいた仲間に渡す。

「ここを出て転移門を起動しておけ。すぐに追いつく」

「御意《ぎょい》」

背後の魔族たちは頭を下げ、すあまを連れたまま遺跡から出ていく。

「ま、待て！」

「待たんよ。転移門の起動には時間も魔力もかかる。起動するだけで高位の術士を八人も必要とするのだ。本来なら貴様の相手をする時間すら惜《お》しいほどだ。だが、」

セレスさんが、哀《あわ》れむような目を俺に向ける。

「シロウ、約束を違《たが》えれば命を貰《もら》うと、そう言ったのを憶《おぼ》えているか？」

「っ……」

俺の脳裏《のうり》に、死という言葉が鮮明《せんめい》に浮かぶ。

「くくく。そう怯《おび》えるな。生憎《あいにく》とこち――」

その時だった。

「シロウに手は出させないぞ！　ずばーーーんっ!!」

不意を突き、パティの指先から逆巻く風が放たれた。

これは知っている。真空の刃《やいば》で相手を切り裂《さ》く魔法《まほう》だ。

けれども、セレスさんは動じなかった。

「暴風魔法か。選ぶ魔法を間違《まちが》えたな」

セレスさんが大きく口を開けた。

口内に光が収束していき――

「はぁぁぁぁぁぁぁあああああっ!!」

熱線が放たれた。

パティの魔法が貫《つらぬ》かれる。

「なっ――」

パティが驚《おどろ》きで顔を歪《ゆが》めた。

熱線が迫る。

パティを灼《や》かんと迫ってくる。

全《すべ》てを焼き貫く熱線がパティに当たる直前――

「親分危ない!!」

「ばっ――シロウどけ!」

「どかない!」

俺はパティを胸に抱きしめた。

襖《ふすま》を出す時間もない。

――せめてパティだけでも。

熱線が迫る。

そのときだった。

――にゃおーーーん。

ピースが鳴いたような気がした。

第二五話　不滅《ふめつ》の存在

「無事かい、士郎《しろう》？」

誰かの声が聞こえた。

固く閉じていた目を開ける。

そこには――

「ばー……ちゃん？」

「危ないところだったねぇ。ピースと魔力を繋《つな》ぎ直したらお前が殺される寸前じゃないかい。慌《あわ》てて飛んで来たのだけれど……なんとか間に合ったようだねぇ」

ばーちゃんが――魔皇剣メルキプソンを構えた不滅の魔女《まじょ》が、俺を守るようにして立っていた。

俺たちの周囲には、光の膜《まく》が半球状に展開されている。

セレスさんの熱線を、ばーちゃんが防いでくれたのだ。

――にゃーお。

ピースが誇らしげな顔をしている。

ギリギリのところで、ピースがばーちゃんをここへと喚《よ》んでくれたのだ。

伊達《だて》に使い魔してないじゃんね。

「あ、あ、あ……」

俺に抱きしめられたパティが、ばーちゃんを見て口をパクパクと。

やがて、掠れた声で。

「……シロウのばーば。シ、シロウ。お前のばーばだぞっ。お前のばーばが来てくれたぞっ!」

「ああ。ばーちゃんが来てくれた。来てくれたよ親分」

そんな俺たちの声が聞こえたのだろう。

「に、兄ちゃん……『ばーちゃん』って、なに言ってるんだよ……?」

「その人はアリスさん……でしょ～?」

詩織《しおり》と沙織《さおり》から、戸惑《とまど》いの声があがった。

「ごめん、ばーちゃん。二人にはサプライズを仕掛《しか》けたいって言ってたのに、いきなりバラしちゃった」

「構いやしないよ。さぷらいずより、士郎の命の方がずっと大切だからねぇ。それに士郎を守るためにやってきた私は、あくしょん映画のひーろーみたいでかっこよかったろう?」

茶化《ちゃか》すように言い、ばーちゃんはウィンクを一つ。

「どこぞのスーパーヒーローかと思ったよ。知ってるばーちゃん? いま映画界隈《かいわい》ではさ、スーパーヒーローものが大人気なんだぜ」

「そうなのかい? 帰ったら観《み》てみようかねぇ。でもいまは──」

ばーちゃんがセレスさんを見据《みす》え、魔皇剣メルキプソンの切っ先を向ける。

「魔人のお嬢《じょう》さんと遊んであげようじゃないか」

「くっ……」

ばーちゃんと対峙《たいじ》したセレスさんが、数歩後退《あとずさ》る。

「私が圧される……だと。貴様、何者だ?」

セレスさんが問う。

殺気を多分に含《ふく》んだ声だった。

けれども、ばーちゃんは飄々《ひょうひょう》と受け流す。

「私かい? 私はそこにいる士郎の祖母だよ。孫のケンカに横入りするのは趣味《しゅみ》じゃない

のだけれど、命まで奪おうとするのであれば話は別さね」

ばーちゃんがメルキプソンを振《ふ》るう。

ただそれだけで中空にいくつもの魔方陣《まほうじん》が浮かび上がり、

「魔人のお嬢さんや、事情はわからないけれど、士郎に代わり私が相手をしてあげるよ」

魔法が放たれた。

雷撃《らいげき》が、火球が、氷塊《ひょうかい》が、無数の魔法がセレスさん目掛《めが》けて飛んでいく。

爆発《ばくはつ》。轟音《ごうおん》。また爆発。

「ぬうぅうがあぁぁぁぁぁぁ————————っっ!!」

衝撃《しょうげき》で天井《てんじょう》が崩落《ほうらく》し、セレスさんが瓦礫《がれき》に埋《う》まっていく。

「「「…………」」」

遺跡内《いせきない》に静寂《せいじゃく》が訪《おとず》れた。

崩落した天井の隙間《すきま》から、二つの月が覗《のぞ》き見えた。

「……あっ！　ば、ばーちゃん！」

「なんだい？　ああ、魔人のお嬢さんなら安心おし。魔人はあれぐらいじゃ死にはしないよ」

さっきのセレスさんと、立場が逆になったみたいだ。

「違う！　いまはセレスさんのことじゃなくて、」

俺《おれ》はばーちゃんの肩を掴《つか》み、必死に。

「すあまがっ！　不滅竜の子供が、他《ほか》の魔族に連れて行かれたんだ！」

「不滅竜の子供だって？」

ばーちゃんが祭壇《さいだん》を見た。

不滅竜の亡骸が、ばーちゃんの目にはじめて映る。

「そうかい。ここは不滅竜の……」

「そうなんだ！　すあまってのはさ、ほら、沙織が卵を見つけたでしょ？　あれがすあまで、詩織も沙織もすあまにママって呼ばせてて……でもアイナちゃんの妹でっ。つまり、なんて言うのかなっ。すあまは俺の……俺の――」


――ぱうぱぁ。


「俺の、娘《むすめ》なんだ。すあまは俺の娘なんだよ！」

ばーちゃんは目をぱちくり。

数秒ほど間を空け、口元をほころばせた。

「士郎の娘かい。なら私のひ孫じゃないか。取り戻しにいかないと――」

『させんぞ』

ばーちゃんの言葉に、何者かが言葉を被《かぶ》せてきた。

反射的に振り返る。

瓦礫を押しのけ、異形が這《は》い出てきた。

『不滅竜は私の物だ。誰《だれ》にも渡《わた》さん』

下半身は四足獣《じゅう》。腕は四本に増え、背中には漆黒《しっこく》の翼《つばさ》。

なにより驚くべきはその大きさだ。

セレスさんの体が倍以上に大きくなっていたのだ。

体長五メートルに及《およ》ぶ、異形の魔物《まもの》となったセレスさん。

そんなセレスさんに、ばーちゃんは哀れむような目を向けた。

「捕食《ほしょく》能力を持った魔人だったのかい。そのなりを見る限り、ずいぶんと命を食い散らかしてきたようだねぇ」

『生きるには強くならねばならなかった。それだけのことだ』

「哀しいねぇ。お前たち魔人はいつもそうだよ」

ばーちゃんがメルキプソンを構え直す。

「士郎、私はこのお嬢さんを相手にしないといけない。お前は――」

遺跡《いせき》の中央に置かれた祭壇。

そこを墓所とした不滅竜の亡骸を、ばーちゃんは指さした。

「不滅竜を蘇《よみがえ》らせるんだよ」

「……は？　ばーちゃんなに言って……。見ればわかるだろ？　不滅竜は骨に――」

「まあ、お聞きよ。不滅竜はね、滅《ほろ》びることがないから不滅竜と呼ばれているのさ。例え骨だけになろうと、魔力《まりょく》を注げば再び蘇る」

そこで一度区切ると、ばーちゃんはパティをちらりと。

「……確か、パティだったね」

「なななっ、な、なんだよっ？」

「パティ、不滅竜の竜核結晶《りゅうかくけっしょう》に魔力を注ぐんだよ。額のところにある、宝石のようなものが竜核結晶さ。そして士郎、」

「ん」

「お前は竜核結晶が光りを取り戻したら、血を捧《ささ》げるんだよ」

「血を捧げるって……それって生《い》け贄《にえ》的な？」

「そんな恐《おそ》ろしい物じゃないよ。そうだね……数滴《すうてき》でいいだろうね。光りを取り戻した竜核結晶に血を垂らし、願うんだ。想《おも》いの丈《たけ》を込めてねぇ。わかったね？」

ばーちゃんはそう言うと、

「魔人族のお嬢さん、そろそろいくよ？」

メルキプソンを頭上へと掲《かか》げた。

瞬間、セレスさんの足下《あしもと》で爆発が起きた。

『ぬぅぅッ!?』

爆風《ばくふう》がセレスさんを天井の隙間から空へと吹き飛ばす。

ばーちゃんはふわりと浮かび上がると、セレスさんを追いかけこれまた空へ。

空まで飛んじゃうとか……。

そんなん、リアルスーパーヒーローじゃんね。

おっといけない。いまはばーちゃんより不滅竜だ。

「親分！　りゅーかくなんとかに魔力を！」

「わかってるっ」

パティがびゅーんと飛んで行く。

不滅竜の骨。その頭蓋骨の額部分には、光を失った水晶《すいしょう》のようなものがついていた。

「親分！」

「あぁっ！」

光りを失った額の石に、パティが手を当てる。

「見てろよシロウ。あたいの魔力はなぁ……ド、ドラゴンだって生き返らせるんだからなっ！　ふんっっっ!!」

パティの全身から淡《あわ》い光りが立ち上る。

光りはパティの手へと集まって行き、そこから額の水晶へと移動していく。

魔力を注いでいるのだ。

「ふんぬぅ～～～～～っっ!!」

パティが歯を食いしばり、全身に汗《あせ》の玉が浮かぶ。

「がんばれ親分！」

「パティちゃんがんばって！」

「パティふぁいと!!」

「がんばって～」

「ふんんんぬぅぅぅうううううっ!!」


――ブシュッ！

パティの鼻から血が噴出《ふんしゅつ》した。

鼻血で顔が真っ赤に染まる。

「お、親分!?」

「パティちゃん!?」

けれどもパティはやめなかった。

魔力を注ぎ続け、そして——

「兄ちゃん！　なんか光りはじめたよ！」

額の宝石がゆっくりと点滅《てんめつ》をはじめた。

心臓が脈打つように。チカッチカッと。

「へへ……ど、どんなもんだ……ぃ」

力尽《ちからつ》きたパティを詩織がキャッチ。優《やさ》しく胸に抱《だ》き抱《かか》える。

次は俺の番だった。

「っ……」

十徳ナイフを取り出し、自分で人差し指を切りつける。

パティの頑張《がんば》りを間近で見ていたせいだろう。

予想よりもざっくりといってしまった。
どばどばと血が流れ、額の宝石を赤く濡《ぬ》らしていく。
『願うんだ。想いの丈を込めてねぇ』
ばーちゃんの言葉。
俺は目を閉じる。目を閉じ、願った。
——……すあま。
——お願いだ。すあまを……あなたの娘を助けるために力を貸してくれ。
——すあまを助けたいんだ。あいつは俺の大切な娘なんだ！
——だからお願いだ。すあまを助けるために生き返ってくれ！　生き返ってくれよ!!

願った。願い続けた。

想いの全てを込めて願った。

「に、にぃに……」

詩織が俺を呼んだ。

目を開ける。

「にぃに見て。な、なんかね～、お肉？　が染《し》み出て増殖《ぞうしょく》していってるの～。細胞分裂《さいぼうぶんれつ》みたいに～」

「……すごい」

俺の血を浴びた額の宝石から、血管のようなものが伸《の》びていく。

どくん、どくんと脈打ちながら。

全ての骨に血管が行き渡る。

血管の次は肉が盛り上がり、全身を覆《おお》いはじめた。

「「「「……」」」」

俺たちはその光景をぽかんと見ていた。

受肉。そんな言葉が脳内に浮かんだ。

やがて――

白く美しいドラゴンが、俺たちの目の前にいた。

『……』

ドラゴンが——不滅竜が、俺をじっと見つめている。

優しさと強さを宿した瞳だった。

『主様《あるじさま》』

不意に、不滅竜が言葉を発した。

「あ、主さま？　だ、誰が——俺が？」

聞き返す俺に、不滅竜が首肯《しゅこう》する。

血を捧げた者が主人になるシステムなのだろうか。

『主様。娘を』

不滅竜が身をかがめる。

背に乗れと、そう言っているのだ。

「に、兄ちゃんっ」

「ああ！」

俺たちは不滅竜の背に飛び乗った。

気を失っているキルファさんは、沙織がしっかりと支えている。

全員が不滅竜の背に乗ったところで、
「不滅竜、魔族《まぞく》を追ってくれ！　すあまを――お前の娘を取り戻《もど》すぞ！」
『はい』
不滅竜が天井に向かってブレスを放つ。
天井がジュッと音を立てて蒸発した。
不滅竜が青い翼を広げ、空へと飛び立つ。
――すあま、いま迎《むか》えに行くからな。

第二六話　決着

「シロウお兄ちゃん！　あそこ！　あそこにスーちゃんがいるよ！」
不滅竜は速かった。
そして、己《おのれ》の娘がどこにいるかを知っていた。
魔族たちと、魔族に捕《と》らわれている娘を見つけた不滅竜《ふめつりゅう》。
地へと降り立ち、魔族と対峙する。
『キュピィイィッ！』
ドラゴン形態のすあまが鳴き声をあげた。喜びの声だった。
俺を見て、みんなを見て、なにより母ドラゴンの姿を見て、歓喜《かんき》したのだ。
「おや、早かったねぇ」
先に魔族と対峙していたばーちゃんが、こちらを振り返る。
ばーちゃんは無傷だった。
一方で、ばーちゃんと戦闘《せんとう》中のセレスさんは満身創痍《まんしんそうい》。

体のあちこちから血を流していた。

『不滅竜が……蘇っただと？』

セレスさんが呻《うめ》くように言う。

魔族のセレスさんでも、骨になっていた不滅竜が蘇えるとは想像もしていなかったようだ。

『ぬぅう……ハアァァアァッ!!』

セレスさんの口がガバッと開き、螺旋状《らせんじょう》の熱線が放たれた。

さっきの数倍はある太さだ。

標的は不滅竜。

しかし――

『馬鹿《ばか》……な』

不滅竜はバリア的なものを展開しているのか、光線は弾《はじ》かれ、空へと消えていく。

俺たちはおろか、不滅竜の体に傷をつけることすらできなかった。

渾身《こんしん》の一撃《いちげき》だったんだろう。セレスさんが呆然《ぼうぜん》とする。

俺は静かに、でもハッキリと。

「セレスさん、すあまは返してもらいますよ」

俺の言葉を聞き、不滅竜が前足を振るった。
一振《ひとふ》り、二振り。木々をへし折り、魔族ごと薙《な》ぎ払《はら》う。
たったそれだけでセレスさんも他の魔族も弾き飛ばされる。
不滅竜、強すぎなんですけど。
『キュピィィ!!』
魔族たちから解放されたすあまが、俺のもとへ飛んで来る。
「すあま！」
『キュピィ！　キュピィィ！』
抱きしめた。みんなですあまを抱きしめた。
すあまが自分の頬《ほお》を、俺の頬へと擦《す》りつけてくる。
出会ったばかりのころを、思い出さずにはいられなかった。
「ん、わかった。わかったたって」
『キュピィ！』
俺はすあまを強く抱きしめ、
「お帰り、すあま」
と言った。

次いで、

「セレスさん」

俺はセレスさんを見た。

ボロボロになったセレスさんは、不滅竜に乗る俺を悔《くや》しそうに見上げていた。

「セレスさん、もう終わりにしましょう」

『……』

セレスさんの体がしぼみ、元の姿へと戻っていく。

「……私の負けだ。殺せ」

セレスさんはそう言うと目をつむり、顔を伏《ふ》せた。

殺せ、その言葉が俺に重くのしかかる。

「士郎《しろう》、魔人のお嬢さんがああ言っているけれど、お前は魔人たちをどうするつもりだい？」

ばーちゃんが訊《き》いてくる。

「……逆に訊くけど、どうしたらいいと思う？」

「それを決めるのは士郎だよ。横やりを入れはしたけれどね、私は部外者なんだよ」

「ええ……。最後まで付き合ってくれてもいいじゃん」

「これは士郎の戦いなんだろ？　なら決着をつけるのは士郎であるべきだよ」

ばーちゃんの言葉に、俺はどうしたものかと頬をかく。

「兄ちゃんなに悩《なや》んでるんだよ！　すあまを攫《さら》って、兄ちゃんも死ぬとこだったんだよっ？　やり返さないとダメだよ！　殺さないにしても、両手両足をへし折るぐらいはしてもいいとあたしは思うな！」

「沙織《さおり》……」

「因果応報だよ～。悪いことしたら、同じ事されても文句は言えないんだから～。しっかり反省するぐらい追い込まないとダメだよ～」

「詩織《しおり》ちゃん……」

妹たちは、報《むく》いを受けさせろと言っている。

殺さないにしても、その手前ぐらいまでは追い込めと。

「……」

ライヤーさん、ネスカさん、ロルフさん、ネイさん。

他にも、俺のために協力してくれた冒険者《ぼうけんしゃ》たちの顔が浮《う》かんでは消えていく。

アイナちゃんが口を開いたのは、そんなときだった。

「あ、あのっ！」

「アイナちゃん？」

「あのね、シロウお兄ちゃん。アイナね、」

アイナちゃんは泣きそうな顔で、続ける。

「セレスお姉ちゃんたちを、ゆ、ゆるしてあげてほしいの」

「許すって……。待ってアイナちゃん。アイナちゃんはセレスさんに攫われたんだよ？

それなのに許すとか……」

「アイナね、セレスお姉ちゃんからきいちゃったの。どうしてスーちゃんがほしかったのか、ぜんぶきいちゃったの」

「止めろ、アイナ」

セレスさんが、続くアイナちゃんの言葉を止めようとする。

「ううん、やめないよ。シロウお兄ちゃんきいて。セレスお姉ちゃんはね――……」

アイナちゃんが語りはじめた。

それは、セレスさんの話だった。

挿話　セレスディア

ただ、生きて欲《ほ》しかった。

生き続けて欲しかった。

そのために、セレスは強くあろうと決めた。


魔族が住まう北の孤島《ことう》。

只人族《ヒューム》が国を作る大陸と比べ、北の孤島は大地を巡《めぐ》る魔力が遙《はる》かに強い。

魔力が強い土地は、その地に生きるもの全てに影響《えいきょう》を与《あた》える。

生まれながらに大地から強い魔力を受け続けた魔物は、より上位の魔獣《まじゅう》と化し、植物は強い毒性を持つ。当然、作物など碌《ろく》に育たない。

そんな過酷《かこく》な地で生を受けたのだ。

魔族が、只人族から魔族と呼ばれる種族らが、弱くないわけがなかった。

生きるためには恐ろしく強い魔獣を狩《か》るしかない。

裏を返せば、弱者は生きることすら赦《ゆる》されないのだ。


弱者が生きる唯一《ゆいいつ》の手段。

それは強者に縋《すが》ることだ。強者に縋り付き、庇護《ひご》を請う。

強者が狩ってきた魔獣——食べ物を恵《めぐ》んで貰い、魔獣や他の種族から守って貰う。

代わりに、全てを差し出すのだ。無論、その命すらも。

北の孤島では、弱者に選択《せんたく》の余地などないのだから。

強者の命じるままに生き、ときに強者の戯《たわむ》れで命を落とす。

魔族の慣例《ルール》であった。


だが、北の孤島には弱者よりも更《さら》に弱い者たちがいる。

その者たちは耐《た》えられないのだ。魔力に。体が。

魔力に対する耐性《たいせい》が低いのだろう。

強者が狩ってきた魔獣の肉ですら、そこに宿る魔力が強すぎて口にすることができないのだから。

口にできるのは、碌に育たなかった痩せっぽちな作物だけ。

痩せっぽちな体で痩せっぽちな作物を育て、消え入りそうな命の灯火《ともしび》を明日へと繋ぐ。

出来ることといえば、それぐらいだった。


セレスディアの妹も、そんな痩せっぽちな連中の一人だった。

妹の名は、ミーファといった。

魔力への耐性が低いミーファを、セレスディアの両親は早々に見限った。

魔族なら当然のこと。

けれども、セレスディアはミーファを見捨てることができなかったのだ。

たった一人の妹なのだ。どうして見捨てることができよう？

セレスディアは両親に隠《かく》れ、痩せっぽちな作物をミーファのために採ってくる。

「姉様《あねさま》、ありがとう」

感謝を述べると、ミーファはいつも微笑《ほほえ》んだ。

セレスディアはそんなミーファの笑顔《えがお》が好きだった。大好きだった。

ミーファの笑顔を見るだけで、胸の奥《おく》が温かな気持ちになるからだ。

血を見ない日がない魔族の世界。

殺伐《さつばつ》とした世界の中、ミーファだけがセレスディアを温かな気持ちにしてくれたからだ。

時が経《た》ち、セレスディアは魔人族でも並ぶ者がいないほどの戦士となった。

他部族が頭を垂れ、服従を示すほどに。

セレスディアは同朋《どうほう》たちから称《たた》えられた。

終には痩せっぽちなミーファを庇護下に置いていることに、誰も文句を言えなくなったのだ。


――けれど。


ミーファが病にかかった。

不治の病と呼ばれている類《たぐ》いのものだ。

セレスディアは、ミーファの命を救うためにあらゆる手を尽《つ》くした。

けれども薬師も、呪術師《じゅじゅつし》も、ミーファの病を治すことは出来なかったのだ。

セレスディアにとって唯一無二《ゆいいつむに》の、温かな存在。

温かなものが、失われようとしている。

――心が絶望に染まっていった。

邪龍族《じゃりゅう》の雄《おす》から不滅竜の存在を聞いたのは、そんな時だ。

『不滅竜の血肉ならあらゆる病を癒《い》やすことができるぞ』

この言葉が、どれほどセレスディアに希望を与えてくれたことだろう。

北の孤島に存在する、封印《ふういん》されし転移門。

膨大《ぼうだい》な魔力を必要とする転移門を起動すれば、大陸の各地に転移することが出来ると云《い》う。

不滅竜の住処《すみか》がある大森林に、転移門が置かれていたのは僥倖《ぎょうこう》以外の何物でもなかった。

かくて、セレスディアはミーファを配下に預け、高位の術士を連れ転移門を訪れた。

力任せに封印を破り、馬鹿みたいな魔力を使い転移門を起動する。

転移先の大森林を幾日《いくにち》も彷徨《さまよ》い、遂《つい》に不滅竜の住処を見つけた。

なのに不滅竜は骸《むくろ》となっていた。

セレスディアが訪れる遥《はる》か以前に滅んでいたのだ。

再びセレスディアを絶望が襲《おそ》う。

そんななか、亡骸《なきがら》から卵を見つけた。

不滅竜の卵が、骨の隙間に隠れるようにして埋もれていたのだ。

セレスディアは歓喜した。もはや狂喜《きょうき》と言ってもいいだろう。


——これでミーファを救うことができる。


この卵をなんとしても孵《かえ》し、その血肉をミーファに与えれば不治の病だろうと完治するはずだ。

再びミーファの微笑みを——大切な温かなものを守ることができる。

セレスディアはそう思っていた。

そう思っていたのだ。

最後の最後まで。

最終話　改めて商談を

アイナちゃんは語り終えると、ふぅと深く息を吐《は》いた。

セレスさんが不滅竜の卵に固執《こしつ》した理由。

全《すべ》ては、妹さんの命を救うためだったのだ。

「シロウお兄ちゃん、セレスお姉ちゃんをゆるしてあげて」

「アイナちゃん……」

すあまのために、身代わりになったアイナちゃん。

妹さんを救うため、不滅竜の卵を求めたセレスさん。

立場が違《ちが》う二人だけれど、その姿が重なって見えた。

だって、どちらも妹を助けるために行動したのだから。

「おねがい。ゆるしてあげて」

「……ダメ……にゃ」

答えたのはキルファさんだった。

意識を取り戻したキルファさん。

沙織《さおり》に支えられながらも、強い眼差《まなざ》しでセレスさんを見つめている。

「その魔族は……ライヤーを、ネスカを、ロルフを――みんなを殺したんだにゃ。ゆるせるわけが……ないにゃ」

キルファさんは、悔しさと後悔《こうかい》で身を震《ふる》わせていた。

「みんなの仇《かたき》を、取らないとダメなんだにゃ」

荒《あら》い息の合間に、そう言った。

「……キルファさん」

返す言葉に詰《つ》まってしまう。

そしたら別の所から返事があった。

「誰が死んだって？」

聞き慣れた声だった。

「勝手に殺してくれるなよな、キルファ」

「ライヤー！　はにゃ？　にゃんで生きてるにゃ？」

声の主はライヤーさんだった。

ライヤーさんが、草木をかき分けこちらへとやって来た。

ちゃんと足はついてる。幽霊《ゆうれい》なんかじゃない。

「ふへぇ。コイツが不滅竜の成竜かよ。でもどうしてあんちゃんたちが乗ってんだ？」

俺《おれ》たちが乗る不滅竜を見上げ、ライヤーさんがぴゅーと口笛を吹《ふ》いた。

「ちょっ、『どうして』は俺のセリフですよ。無事だったんですねライヤーさん。俺はてっきり……」

「死んだと思ったか？」

「はい」

「ボクも殺されたと思ったにゃ」

「ロルフの回復魔法《まほう》と、ヒールポーションをかき集めてなんとか、な。まぁ、一番はそこの魔族が手加減しやがったからだけどな」

悔しさを滲《にじ》ませた瞳《ひとみ》を、ライヤーさんはセレスさんへと向ける。

セレスさんは、ポツリと。

「……『只人族《ヒューム》を殺すな』。私たち魔人族を配下に置く者の命令だ。従わぬ訳にはいくまい」

それってつまり、俺に「殺す」って言っていたのはただの脅《おど》しだったってことですか？

本気で殺されると覚悟《かくご》していたんですけれどね。

だが、セレスさんの言葉に俺以上に反応したのがパティだった。

「只人族は殺さないって……だ、だからあたいのことは殺そうとしたのか？」

「妖精族《ようせい》については何も言われていないからな」

「ん～～～っ!!」

パティが俺の頭で地団駄《じだんだ》を踏《ふ》む。

止めてください死んでしまいます。

「ライヤーさん。じゃあ、みんなは……？」

「おう。情けない話だけどな。ネスカもロルフも、ギルマスも他《ほか》の連中も、みんな死んじゃいない。生きてるとも言えない状態だけどな」

「つまり半殺しだと」

「それだあんちゃん！　半殺しってやつだ。悔しいぐらいボッコボコにされたぜ」

ライヤーさんの茶化《ちゃか》すような物言いに、場の空気が弛緩《しかん》していく。

セレスさんは誰も殺してなんかいなかった。

ずっと縛《しば》りプレイで戦っていたのだ。

本気の一撃を放ったのは、妖精族のパティにだけ。

ん？　となると俺がパティを庇《かば》うため飛び出したから、セレスさんは内心じゃ焦《あせ》ってたんじゃなかろうか？

ばーちゃんに救われたのは、俺とパティだけじゃなかったのかも。

「シロウ、私を殺す前に僅《わず》かで良い。時間をくれないか？」

事の成り行きをじっと見守っていたセレスさんが、口を開いた。

「時間といいますと？」

「不滅竜と話がしたい」

「殺す云々《うんぬん》は脇《わき》に置くとして、どうぞご自由に」

「感謝する」

セレスさんが不滅竜を見上げ、

「不滅竜よ」

静かに呼びかけた。

「不滅竜よ。どうか貴様の血肉をわけてはもらえないだろうか？」

『娘《むすめ》を拐《かどわ》かしたお前の言葉を、何故《なぜ》聞かねばならぬのですか？』

「っ……。伏してお願いする。僅かでいいのだ。それが叶《かな》うのなら、供物《くもつ》としてこの身を捧げてもいい」

跪《ひざまず》き、頭を垂れるセレスさん。

しかし不滅竜は、

『跪く相手が違いますよ。この身は既《すで》に主様のもの。跪くなら主様に』

まさかの無茶《むちゃ》ぶり。

不滅竜さんったら、あろう事か俺にぶん投げたじゃないですか。

いきなりなにしてくれてるの？

だってほら。セレスさんが俺に顔を向けてるし。

もう視線が合っちゃったし。跪いちゃってるし。

「シロウ。頼《たの》む。この通りだ。不滅竜の血肉をもらえるのであれば、私は貴様の忠実なる奴隷《どれい》となろう。心も体も、命すらシロウのものになると誓《ちか》う」

重い。重いよセレスさん。

そんなに重いもの投げてこないでよ。

「しおりんいまの聞いた？」

「聞いた聞いた～」

焦る俺の横で、詩織《しおり》と沙織がこしょこしょと姉妹会議をはじめる。

「いきなりの奴隷宣言だね～」

「奴隷とか、兄ちゃんどうするつもりなんだろ？」

「……えっちなことしちゃうのかな～？」

「しおりんもそう思う？　実はさ、兄ちゃんさっきからあのお姉さんの胸ばっか見てる気がするんだよね。絶対えっちなこと考えてるよね！」

「考えてないから!!」

突っ込まずにはいられなかった。

声を大にして否定させてもらう。

二人は、顔を見合わせくすくすと笑っていた。

「まったく、いまは真面目《まじめ》な話をしてるとこなんだぞ？」

「じゃあ胸ばっか見てないでよね」

「だから見てないの！」

ため息をつき、どうしたものかと頭をかく。

『キュピィ』

すあまがとてとてとセレスさんに近づいていったのは、そんなときだった。

『キュルル』

すあまが前足をセレスさんに突《つ》き出す。

「？」

セレスさんは戸《と》惑《まど》い、俺を見た。

すあまの行動に俺も戸惑い、不滅竜を見た。

『主様、娘があの者に血を与えると申しております』

「ええっ!?」

『どうか娘の望むままに』

『キュピィ』

すあまがぐいと前足を突き出す。

それはもうぐいぐいと。

まるで、ノリノリで採血に挑《いど》む子供のような顔だった。

「待ってすあま。いま血を抜《ぬ》くにしても、血を保存する容器がないから」

『キュピィ?』

「うん。だからすあまの覚悟はわかったけど、待ってね」

『ピィ!』

すあまが頷《うなず》き、とてとてとこちらに戻ってくる。

去って行くすあまに、セレスさんが小さく「あ……」と漏《も》らしていた。

「聞きましたよね? セレスさん、すあまはセレスさんに血を分けるつもりのようですよ」

「……感謝する」

「はい。感謝はすあまに。だからもう供物になるとか、奴隷になるとか軽々しく言わないでくださいね」

「……」

セレスさんが暫《しばら》く黙《だま》ったあと、

「考えておこう」

と言った。

俺は不滅竜の背から降り、セレスさんに近づいていく。

「よかった。なら今後のことを話し合いましょうか。セレスさんの妹さんの病は、すあまの――不滅竜の血を飲めば治るんですよね？」

「そう聞いている。不治の病だが、不滅竜の血肉を口にすれば治ると」

「不治の病ですか……。どんな病なんですか？」

なんとはなしに、そう訊いてみる。

そしたら予想もしなかった答えが返ってきた。

「生き腐《ぐさ》れ病だ」

「…………へ？」

その名を聞いた俺は、危《あや》うくコケそうになってしまった。

視界の端《はし》で、アイナちゃんもぽかんとした顔をしているぞ。

「……セレスさん、いま『生き腐れ病』って、そう言いました？」

「ああ。生き腐れ病には只人族もかかると聞いた。かかった者が悉《ことごと》く死ぬともな」

ここ数日の出来事が、頭のなかをぐるぐると回る。

「えーとですね、いまから俺が言うことを驚《おどろ》かないで聞いてほしいんですけども」

「……なんだ？」

言葉を選ぶ俺に、セレスさんが訝《いぶか》しげな視線を向けてくる。

「いいですか？　言いますよ？」

一度咳払《せきばら》いをしてから、俺は言い聞かせるように。

「生き腐れ病を治す薬なら、俺の店に置いてあります」

「……………………は？」

いままでに見たことのない顔を見せてくれた。

俺はもう一度、ゆっくりと。

「セレスさんの妹さんは、不滅竜の血を飲まなくても、俺の店にある薬で治ります」

こんどはしっかりと反応があった。

「なっ――なんだとっ⁉　馬鹿を言うな！　生き腐れ病は不治の病なのだぞっ？　只人族

の薬なんかで――」

「セレスお姉ちゃん、ホントだよ」

「アイナ……」

不滅竜の背から、アイナちゃんも降りてくる。

「アイナのおかーさんもね、いきぐされびょうだったの。でもね、シロウお兄ちゃんがおくすりをくれてね、なおったんだよ」

アイナちゃんの言葉に、事情を知っているライヤーさんとキルファさんが、うんうんと頷く。

「本当だぜ魔族の姉ちゃんよ。あんちゃんの薬は生き腐れ病を治しちまうんだ」

「ステラはすっごく元気なんだにゃ」

「それは違うぜキルファ。そこの魔族のせいでいまは寝込《ね こ》んじまってる」

「そうだったにゃ。ぜーんぶお前のせいにゃ」

二人の言葉を聞き、セレスさんが呆然とする。

「本当……なのか?」

「本当ですよ」

瞬間《しゅんかん》、セレスさんの体から力が抜けていくのがわかった。

妹さんを救うため、ずっと気を張っていたセレスさん。

生き腐れ病を治せる薬があると知り、安堵《あんど》したのだ。

「セレスさん」

俺はセレスさんを見つめ、続ける。

「どうやら俺たちは『これから』について話し合うことができそうですね。どうです？

もう一度、もう一度だけ商談をしてみませんか？」

そう言って握手《あくしゅ》を求める。

セレスさんは戸惑いながらも俺の手を握《にぎ》り、

「シロウ、感謝する」

少しだけ、笑ったのだった。

◇◆◇◆◇

話には聞いていたけれど、不滅竜の血は凄《すご》かった。

指先から垂らした一滴《ひとしずく》の血。

たった一滴の血を口にしただけで、冒険者たちが全快したのだ。

ネイさんの、曲がっちゃいけない方向に曲がっていた右腕《みぎうで》も元通り。

完全回復ポーション、『エリクサー』の材料に不滅竜の血が使われているとか聞いたけれど、こんなん不滅竜の血自体がエリクサーじゃんね。

不滅竜の血で冒険者たちは完全回復し、魔族《まぞく》に対するわだかまりだけが残った。

後味が悪いこと悪いこと。

けれども、

「紅魔鉱石なら、いくらでもくれてやるぞ」

セレスさんのこの一言が大きかったようだ。

慰謝料《いしやりよう》がわりに紅魔鉱石をもらえると聞くと、冒険者たちは手のひらをくるり。

エミーユさんほど見事ではなかったけれど、戦いが終わればノーサイドだとばかりに笑顔を浮かべていた。

ホント、冒険者は現金な人が多いよね。

すあまを取り戻《もど》し、協力してくれた冒険者たちも全員無事。

さらに魔族との交流も持てそうな雰囲気《ふんいき》ときた。

全方向で上手《うま》く事が収まったところで……。

——別れのときがきた。


すあまが人の姿になる。

いまにも泣き出しそうな顔だった。

「すあまちゃん、元気でね。詩織はいつでもすあまちゃんのママだからね～」

「あぃ」

「すあま、あたしのこと忘れないでよ」

「あぃ」

詩織と沙織がすあまを抱《だ》きしめる。

次はアイナちゃんの番だった。

「スーちゃん……」

アイナちゃんの目にも涙《なみだ》が溜《た》まっていき、すぐに零《こぼ》れだす。

それでもアイナちゃんは笑って。

「アイナね、スーちゃんのお姉ちゃんになれてよかったよ。おかーさんとなかよくしてね。じゃないとメッ、なんだよ」

「あいにゃぁ」

すあまがアイナちゃんに抱き着いた。

抱きしめ、アイナちゃんと見つめ合う。

そしてすあまは――

「あいにゃぁ……すきぃ」

泣きながら笑った。

「しゅおりぃ、すきぃ」

「すあまちゃん……」

「しゃおりぃ、すきぃ」

「……すあまぁ」

アイナちゃんに、詩織に、沙織に、「好き」と伝えるすあま。

やっと言えたと。想《おも》いを伝えることができたと。そんな笑顔だった。

そして最後は、俺の番だった。

「ぱうぱぁ」

とてとてと、すあまがやってくる。


――ぎゅ。

抱きしめ、すあまが大好きだった肩車《かたぐるま》をしてやる。

すあまはきゃっきゃと声を上げて笑い――


「ぱぅぱぁ、だいしゅきぃ」


もう、ダメだった。

涙が止まらなかった。

ひと月にも満たない、短い間だった。

それでも、俺が――俺たちが、すあまと家族になるには十分な時間だった。

「すあま、元気でな。お母さんと幸せに暮らすんだぞ」

「あぃ」

こうして、すあまは俺たちのもとから去っていった。

空を飛ぶ不滅竜《ふめつりゅう》の親子。

その姿は、とても美しかった。

エピローグ

あれから一〇日が経った。

一〇日の間でいろいろなことがわかり、いろいろな変化が起きたりもした。

まずはばーちゃん。

詩織《しおり》と沙織《さおり》に、『アリスさん』の正体がばーちゃんだと打ち明ける。

ばーちゃんとしては準備をしたうえで明かしたかったそうだけれども、二人にとっては十分サプライズとなったようだ。

しばらくの間、呆然《ぼうぜん》としていた。

でもすぐに抱き合い、七年越《ご》しの再会に涙していた。

ついついもらい泣きしてしまったのは、俺だけの秘密だ。

あと、ばーちゃんが言っていた「気になること」と言うのは、セレスさんが起動した古代遺跡《いせき》の転移門のことだった。

この世界のあらゆる場所に遺跡として存在する転移門。

これを放置しては、いずれ争いのタネになる。

そう考え封印を施《ほどこ》したのがばーちゃんだったのだ。

わざわざ封印が生きてるか確認《かくにん》するため、魔族の住む北の孤島まで足を運んだと言うから驚きだよね。

まあ、セレスさんたちと交流を持ったことで、北の孤島とジギィナの森を結ぶ転移門の再封印は見送ることにしたそうだけれど。


次はセレスさん。

町長のカレンさんを交え話し合った結果、無事ニノリッチとセレスさんたちの一族――魔人族との交流がスタート。

姉妹都市みたいなものになるのかな？　ついでにニノリッチと魔人族間で通商条約っぽいものも結ばれた。

転移門を使い、ニノリッチからは食料を。俺からは『生き腐れ病』を治すサプリメントや日用雑貨類を。

そして魔人族からは紅魔鉱石が。

只人族《ヒューム》の国ではミスリル並みに価値がある紅魔鉱石だけれど、北の孤島《ことう》では石ころ並にザクザク採取できるらしい。

ああ、そうそ。

転移門と言えば、セレスさんの案内で俺もジギィナの森にある転移門を訪《おとず》れてみた。

ニノリッチからは五日ほどの距離《きょり》にあり、転移門までは獣道《けものみち》すらなく草木がボーボー。

たどり着くまで、険しいなんてレベルじゃなかった。

魔人族と物資のやり取りをしようにも、肝心《かんじん》の道がない。

そこで俺は詩織と沙織とトリオを組み、ばーちゃんに可愛《かわい》くおねだりしてみることに。

愛すべき孫たちからの『お願い』。

ばーちゃんは「仕方のない子たちだよ」とぼやきながらも、魔法でニノリッチと転移門を繋《つな》ぐ道を作ってくれたのだ。

ばーちゃんの魔法で木々が動き、道を作る。

石畳《いしだたみ》で舗装《ほそう》された、立派な街道《かいどう》の完成だ。

魔法でなんでもアリなばーちゃんは、最高にかっこよかった。

街道が完成し物々交換《ぶつぶつこうかん》を続けた結果、あり得ないほどの紅魔鉱石がニノリッチに集まることとなった。

　これに喜んだのが、ドワーフのエルドスさんだ。

　紅魔鉱石は、ドワーフの鍛冶師《かじ》にとって一度は扱《あつか》ってみたい鉱石なんだとか。

「ワシの古い馴染《なじ》みに声をかけてみるかのう。紅魔鉱石を心行くまで打てるぞとなあ。どいつもこいつも飛びつくじゃろうて」

　紅魔鉱石で作られた武具がニノリッチの町に並ぶ日は、すぐそこまで来ているのかも。


　そして俺たちはというと、胸にぽっかりと穴を空けたまま日々を送っていた。

　修理により壁《かべ》の一部が新しくなった店。

　椅子《いす》に座《すわ》っていると、

「シロウお兄ちゃん、またおしゃしん見てるの？」

「ん、ああ」

　アイナちゃんに声をかけられた。

　俺の手には写真が一枚。

　すあまを真ん中に、俺、アイナちゃん、沙織、詩織の五人で撮《と》った写真だ。

　写真の中では、みんなダブルピースをしていた。

「スーちゃん、げんきにしてるかな？」

写真を覗《のぞ》き込みながら、アイナちゃんが訊《き》いてくる。

「元気だよ。元気に決まってる」

「ん、そっか。そうだよね」

アイナちゃんはそう言うと、寂《さび》しそうに微笑《ほほえ》んだ。

「……」

「……」

俺とアイナちゃんは、再び視線を写真に落とす。

店内に静寂《せいじゃく》が満ちていき、がまんができなくなったのだろう。

「じゃ、じゃじゃーーーん!!」

アイナちゃんのカバンから、パティがちょこんと顔を出した。

「……親分？」

パティはアイナちゃんのカバンに体を引っ込め、もう一度。

「じゃじゃじゃーーーーんっ!!」

「「……」」

「ど、どうだっ？　驚いたか？　あたいがアイナのカバンから出てきてびっくりしたか？」

俺たちを元気づけようと思っているんだろう。

最近のパティは、あの手この手で俺たちを笑わせようと頑張《がんば》っていた。

「んー、ちょっとは驚いたかな？」

「ちょっと……だけか？」

パティがしょんぼりとしてしまった。

「ウソ。けっこー驚いた」

「うん。アイナもびっくりしちゃった」

「そ、そうか！　驚いたか！」

パティが笑顔《えがお》になる。

そしてえっへんとして、

「シロウ、そろそろギルドに行くんだろ？」

「そうだね。もう納品に行く時間だ」

『妖精の祝福』には、定期的に商品を卸《おろ》している。

今日は保存食を納品する日だった。

「シロウお兄ちゃん、アイナがいってくるよ」

「いいの？」

「うん。ちょっと……おさんぽしたいきぶんなの」

「そっか。わかった。じゃあお願いしようかな」

「はーい。パティちゃんもいっしょにいこ？」

「しかたがないな。あたいもついてってやるよ」

アイナちゃんとパティを見送ったタイミングで、

「兄ちゃん、おはー」

二階から沙織が降りてきた。

目覚めたばかりなのか、しょぼしょぼの目を手でこすっている。

「もう昼だぞ？」

「んー、最近なかなか寝れなくて……ふわぁ」

沙織が大きな欠伸《あくび》を披露《ひろう》する。

「詩織ちゃんは？」

「しおりんはまだ寝てるよ。起こしてこよっか？」

「いや、いいよ。そのうち起きてくるでしょ」

十代の二人にとって、すあまとの別れは辛《つら》かったのだろう。

詩織と沙織は、最近あまり寝れていないようだった。

「んー……ダメだ。兄ちゃん、あたしもっかい寝てくるね」

「ビューティー・アマタはどうするんだ?」

「二度寝《にどね》から起きたらお店あけるよ。じゃねー、おやすみー」

沙織が二階の寝室《しんしつ》へと戻っていく。

「ったく。しょうがないやつだな」

みんな、すあまがいなくなって寂しかった。

俺も含《ふく》めて、みんな寂しがっていた。

「また会いたいな。いつか会えるかな? 会えるよね」

そう呟《つぶや》いたときだった。

予期せぬ人が店にやってきた。


――カランコロン。


来店を知らせるベルが鳴り、振《ふ》り返る。

そこにはセレスさんの姿が。

「久しぶりだな、シロウ」

「セレスさん？　どうしてここに？」

「なに、シロウとの約束を果たしにな」

「約束？　なんかしましたっけ？」

思い出そうとするも、まるで心当たりはない。

「忘れたのか？　貴様の奴隷になると、そう誓いを立てたではないか」

「はぁぁぁっ⁉」

『不滅竜の血肉をもらえるのであれば、私は貴様の忠実なる奴隷となろう。心も体も、命すらシロウのものになると誓う』

セレスさんの言葉が蘇《よみがえ》る。

言ってた。言ってたわ。

「いや待ってくださいよ！　セレスさんの妹さんは、不滅竜の血ではなく俺の薬で治ったんですよね？」

「そうだ。貴様には感謝している。だからこそ、誓いを果たしにきた」

「違《ちが》う違う！　不滅竜の血じゃないから誓いはなしよってことです。それに軽々しく奴隷とか言わないでって、そう言ったじゃないですか？　セレスさんも『考えておこう』って」

「ああ。だから考えたぞ。考え、この結論に至った」

「うそぉ」

「貴様に妹を救われたことに違いはない。恩には恩で報《むく》いる。さあシロウよ、貴様は私に何を求む？　私の力で、何を望む？」

「えっと……帰ってください？」

「ふざけるな！」

セレスさんが俺の胸倉《むなぐら》を掴《つか》んだ。

「なんかセレスさん、前より感情の起伏《きふく》が激しくなってません？　キャラ変わってますよ」

「貴様の相手をしたからな」

「意味がわかりません」

「フンッ。あれだけ不滅竜を求めておきながら、最後にはただの笑い話となったのだ。すべてが馬鹿《ばか》らしくなっても仕方がなかろう？」

「つまり、セレスさんはいままでいろんなことをずっと我慢《がまん》して生きて来たけど、もう我慢するのやーめたってことですか？」

「わ、悪いかっ？」

セレスさんの顔がぽっと赤くなる。

感情を抑《おさ》えることを、マジでやめたのだろう。

「な、なにを笑っている？」

「いえ、笑ってませんよ」

「笑っているだろう！」

「だから笑ってませんて」

謎《なぞ》の問答を続けていると、

——カランコロン。


また誰《だれ》か店に入って来た。

セレスさんに胸倉を掴まれつつも、なんとか視線を動かす。

「お久しぶりです」

そう言い、こちらに微笑む美人さん。

……えーっと、誰？

「セレスさん、なんか呼ばれてますよ」

「あんな女など知らぬ」

「でも『お久しぶりです』って言われてますよ？」

「私が言ったのは、主様に対してですよ」

「はいはい。あるじさま……え？」

「はい。主様です」

そう言い、美人さんは俺《おれ》に微笑みを向けた。

品を感じさせる、美しい人だった。

雪のように白い髪《かみ》を腰《こし》まで伸《の》ばし、瞳《ひとみ》の色は黄色に近い金色。

彼女《かのじょ》から伝わってくる柔《やわ》らかな雰囲気は、どことなくステラさんに似ていた。

というか、『主様』？　それってまさか――

驚く俺を見て、美人さんが頷く。


「先日、主様に蘇らせていただいたドラゴンです」


なにそれ？　恩返し的な？　昔話的な？　というかなにしに来たの？

直後、アイナちゃんとパティが同時に店へと飛び込んできた。

「シロウお兄ちゃんたいへん！　たいへんなの！」

「シロウ！　たいへんだっ！　たいへんだぞ！」

息を切らしたアイナちゃん。

ぎゅっと握られた右手は――


「ぱうぱぁ！」


すあまの左手を握っていた。

予期せぬすあまとの再会。

「シロウ！　す、すあまだ！　すあまが外にいたぞっ。びっくりだな!!」

パティの声を聞きつけたのだろう。

慌《あわ》ただしく二階から降りてきた詩織と沙織。

すあまの姿を見るや、二人で歓喜《かんき》のハイタッチを交《か》わす。

「シロウ、貴様との話は終わってないぞ！」

「主様。その魔族、私が滅《ほろ》ぼしましょうか？」

「なんだ貴様は？」

「あら、私がわからないの？」

「シロウお兄ちゃん、スーちゃんだよ！」

「びっくりしたか？　びっくりしたよなっ？　あたいのときとどっちがびっくりした？」

「ぱぅぱぁ！」

「兄ちゃんそこどいて！　すあまが見えない！」

「すあまちゃん、詩織ママだよ～。久しぶり～」

店内で事件が渋滞《じゅうたい》するなか、ピースは大きく伸びをしてから昼寝《ひるね》に突入《とつにゅう》。

久しぶりに、騒《さわ》がしい一日になりそうだった。

あとがき

『いつでも自宅に帰れる俺は、異世界で行商人をはじめました』４巻を読んでいただき、ありがとうございました。著者の霜月緋色です。

いきなりですが……今巻の発売まで期間が空いてしまい申し訳ありませんでした！（全方位土下座ッ!!）

持病がアレしてコレした結果、入院一歩手前ぐらいまで悪化して発売時期が延びてしまいました。

でも病気なら仕方がないですよね（にっこり）。

では恒例の謝辞を。

イラストレーターのいわさきたかし先生。いつも最高のイラストをありがとうございます！

そして発売時期がアレしてすみませんでした!!

漫画家の明地雫先生、最新話が更新される日を心待ちにしております。

担当編集様、HJ文庫編集部と関係者の方々、色々とありがとうございました。
大切な家族と友人たちとワンコたち。そして、ここまで読んでくださった皆さんに最大級の感謝を！　ありがとうございました。

最後に、本の印税の一部を支援を必要としている国内の子どもたちのために使わせていただきます。
子どもたちはあたり前のことがあたり前になる人生を手にすることができますように。
この『異世界行商人』を買ってくれたあなたも、子どもたちに『あたり前』をプレゼントした一人ですよ。
子どもたちが大人になったとき、物語好きになってくれると嬉しいです。

では、またお会いしましょう。

Anytime I can!
いつでも自宅に帰れる俺は、異世界で行商人《ぎょうしょうにん》をはじめました
霜月緋色 著
Hiiro shimotsuki
ill. いわさきたかし
①〜④巻 好評発売中!
⑤巻 今秋発売予定!

「小説家になろう」
四半期
第1位
異世界転生・転移
ファンタジー部門
(2019年8月19日時点)
いつでも自宅に帰れる俺は異世界で行商人をはじめました
vol.1
コミック単行本
第①巻 好評販売中!!
漫画：明地雫
原作：霜月緋色
キャラクター原案：いわさきたかし

小説第②巻は2021年9月発売！
少年マガジン公式アプリ
「マガポケ」にて
2021年5月25日(火)より
コミカライズ連載スタート!!
作画：大前 貴史
原作：明鏡シスイ キャラクター原案：tef

信じていた仲間達にダンジョン奥地で殺されかけたが
ギフト『無限ガチャ』で
レベル9999の仲間達を
手に入れて
元パーティーメンバーと世界に復讐&
『ざまぁ!』します!
「小説家になろう」
四半期総合ランキング
第1位
(2020年7月9日時点)
レベル9999で
圧倒的無双!!!!!!
明鏡シスイ
イラスト/tef

HJ NOVELS
HJN47-04

いつでも自宅に帰れる俺は、異世界で行商人をはじめました 4

2021年6月19日　初版発行

著者――霜月緋色

発行者―松下大介
発行所―株式会社ホビージャパン
〒151-0053
東京都渋谷区代々木2-15-8
電話　03(5304)7604（編集）
03(5304)9112（営業）

印刷所――大日本印刷株式会社

装丁――ansyyqdesign／株式会社エストール

Printed in Japan

ISBN978-4-7986-2510-2　C0076